ah

Edgar Allan Poe

# PŘEDČASNÝ POHŘEB

*Horrory a jiné děsivé příběhy*

hynek

*Vychází k 190. výročí autorova narození*
*a k 150. výročí jeho úmrtí*

*Poe, Edgar Allan*
Předčasný pohřeb
Praha: nakladatelství Hynek, 1999


ISBN 80-86202-44-5

# PÁD DO MAELSTRÖMU

*Cesty Boží jak v Přírodě, tak v činech Jeho Prozřetelnosti nepodobají se cestám našim; a naše výtvory nelze také nikterak přirovnávat k nezměrnosti, hloubce a nezbadatelnosti Jeho děl, která jsou obdařena hlubinami závratnějšími než studnice Démokritova.*

Joseph Glanville

Konečně jsme vystoupili na vrchol nejvyššího útesu. Stařec byl zřejmě tak vyčerpán, že několik minut nemohl mluvit.

„Není to tak dávno," řekl posléze, „co bych vás byl mohl vést po téhle cestě právě tak snadno jako můj nejmladší syn; ale asi tak před třemi roky mne potkalo něco, co ještě žádného smrtelníka nepotkalo – či co aspoň nikdo nepřežil, aby o tom mohl vyprávět – a těch šest hodin smrtelné hrůzy, které jsem tehdy zakusil, mne na těle i na duchu dočista zlomilo. Nejspíš si o mně myslíte, že jsem velmi starý člověk – ale nejsem. Stačil necelý den, aby mi tyhle vlasy, předtím černé jako uhel, zbělely, aby mi ochably nohy, povolily nervy, takže mě teď sebemenší námaha roztřese a každý stínek vystraší. Věříte, že dostávám závrať, už když se podívám z téhle skalky?"

Ta „skalka", na jejímž okraji se natáhl tak neopatrně, že mu těžší část těla přečnívala a nepřepadl dolů jen proto, že byl na její vyčnělé, kluzké hraně zaklesnut lokty – ta „skalka", tvořící strmou, hladkou, černě svítící stěnu propasti, trčela nějakých patnáct set stop z rozeklané pustiny pod námi. Nic by mne nepřilákalo přistoupit na šest kroků k jejímu okraji. Ba poloha mého společníka mě tak rozrušila, že jsem padl jak široký tak dlouhý na zem, sevřel trsy kolem sebe a ani se neopovážil mrknout k obloze – marně se snaže zapudit myšlenku, že prudký vítr ohrožuje samy základy hory. Dlouho mi trvalo, než jsem se jakžtakž umoudřil a sebral odvahu posadit se a pohlédnout do dálky.

„Tyhle úzkosti hleďte překonat," řekl mi průvodce, „vždyť jsem vás sem přivedl, abyste se mohl hezky rozhlédnout po dějišti té události, o které jsem vám říkal – abyste měl to místo přímo před očima, až vám tu podivnou historii budu vypravovat."

„Jsme právě," pokračoval rozvláčným, pro něho příznačným způsobem – „jsme právě u samých břehů Norska – na osmašedesátém stupni šířky – v rozsáhlé norlandské provincii – a v smutném kraji lofotském. A sedíme zrovna na vrcholku hory, která se jmenuje Helseggen neboli Mračná. Teď se trošku zvedněte – jestli máte závrať, přidržte se trávy – tak – a podívejte se tamhle za ten pruh mlhy pod námi do moře."

Hlava se mi motala, když jsem hleděl na širou mořskou pláň, jejíž voda měla tak inkoustovou barvu, že mi rázem vytanulo *mare tenebrarum* z líčení nubijského zeměpisce. Lidská fantazie si sotva dovede vytvořit truchlivější a pustší panoráma. Vpravo i vlevo, kam až oko dohlédlo, táhly se jako valy světa obrysy hrozivě černých, trčících skal, jejichž ponurost dokresloval příboj, který proti nim s věčným vytím a jekem vysoko vrhal svůj bílý, strašlivý hřbet. Přímo proti výspě, na jejímž temeni jsme seděli, asi tak pět až šest mil od nás, bylo vidět v moři pustý ostrůvek; vlastně jsme jen rozpoznávali jeho polohu podle zuřivého vlnobití, které jej svíralo. Asi o dvě míle blíž k pevnině zvedal se další ostrůvek, menší, ošklivě rozeklaný a holý, tu a tam vroubený drúzou černavých skal.

Moře v prostoru mezi vzdálenějším ostrovem a pobřežím se chovalo prapodivně. Třebaže směrem k pevnině dul právě silný vichr – briga, blížící se k břehům, přiléhala se skasanou čelní plachtou, a i tak se celá neustále nořila do vln –, v oněch místech se nevzdouval normální příboj, tam se voda v krátkých, rychlých, vzteklých přívalech hrnula do všech stran, a to i přímo proti větru. A pěna se téměř neobjevila, jen v těsném sousedství skal.

„Tomu ostrovu v dálce," pokračoval stařec, „říkají Norové Vurrgh. Ten prostřední je Moskoe. Tamten, asi míli na sever, je Ambaaren. A tamhle zas jsou Iflesen, Hoeyholm, Kieldholm, Suarven a Buckholm. A o kus dál – mezi Moskoe a Vurrghem – to jsou Otterholm, Flimen, Sandflesen a Skarholm. Tak se na mou duši všechny ty ostrovy jmenují – ale proč by je bylo zapotřebí vůbec pojmenovat, to ani vy, ani já nepochopíme. Slyšíte něco? Vidíte nějakou změnu ve vodě?"

Tak uběhlo prvních deset minut na vrcholku Helseggenu; vystoupili jsme na něj z lofotského vnitrozemí a cestou jsme proto vůbec nezahlédli moře, které nás překvapilo až na nejvyšším útesu. Při starcově vyprávění jsem začal vnímat silný, znenáhla rostoucí zvuk, podobný bučení obrovského stáda buvolů na americké prérii; a již jsem si také všiml, že hladina pod námi, kterou by námořníci označili za silně zčeřenou, se prudce mění v proud, směřující k východu. Přímo před mýma očima nabýval proud obludné prudkosti. Vteřinu co vteřinu se hnal rychleji, zběsileji. V pěti minutách se rozpoutala v celém prostoru až k Vurrghu nezkrotná vřava; ale nejmocněji to bouřilo mezi Moskoe a pobřežím. Zde se náhle to nesmírné řečiště, zbrázděné a protaté tisíci svářlivými průlivy a proudy, v zběsilé křeči vzdulo, s výbuchem, varem a sykotem se roztočilo do gigantických a nesčetných vírů a v peřejích se hnalo na východ s takovou rychlostí, s jakou se vody řítí jen do propasti.

Během několika dalších minut se celý výjev opět od základu změnil. Hladina se zvolna uklidňovala, vodní víry jeden za druhým mizely, teď však vznikaly mohutné šmouhy pěny, která se předtím ani neukázala. Tyto pruhy se pak dlouze protáhly, prolnuly a nakonec převzaly otáčivý pohyb ochablých vírů, jako by utvářely jádro dalšího, ještě obrovitějšího víru. A ten se také překvapivě náhle, avšak zřetelně a určitě začal rýsovat jako kruh s průměrem větším než jedna míle. Okraj kruhu tvořil široký pás třpytivé tříště; z té však ani kapka nesklouzla do jícnu děsivého trychtýře, jehož vnitřek, pokud jsme jen mohli dohlédnout, byla hladká, lesklá, černočerná vodní stěna, skloněná v úhlu dobrých pětačtyřicet stupňů, ženoucí se opile vlnivým, vzdouvavým tryskem a volající do větru úděsným hlasem, půl jekem, půl řevem, jaký ani mocný proud Niagary ve svém smrtelném pádu nezvedá k nebesům.

Hora se třásla v základech, skála se kymácela. Vrhl jsem se na tvář a v nesmírném rozrušení se chytal kdejaké travinky.

„To nemůže být nic jiného," řekl jsem konečně starci, „než veliký vír Maelström."

„Tak se mu taky někdy říká," pravil. „My Norové mu říkáme Moskoeström podle ostrova Moskoe, který je na půl cestě."

Běžné zprávy o tomto víru mne zdaleka nepřipravily na to, co jsem spatřil. Líčení Jonase Ramuse, které je snad nejobšírnější ze všech, nemůže zprostředkovat ani tu nejkrotší představu o velkoleposti či o hrůze toho úkazu – nebo něco z omračujícího pocitu nevšednosti, který diváka zaplaví. Nevím bezpečně, odkud zmíněný autor Maelström pozoroval, ani kdy; ale jistě přitom nebyl na vrcholu Helseggenu a jistě to nebylo za bouře. Jsou však v jeho líčení místa, která mohu uvést pro jejich podrobnost, i když samozřejmě přibližují jen velmi matně dojem z té podívané.

„Mezi Lofotenem a Moskoe," praví autor, „je moře hluboké třicet pět až čtyřicet sáhů; na druhou stranu, směrem k Veru (Vurrgh), však hloubky ubývá, takže lodi tudy nemohou projíždět bez nebezpečí, že se roztříští o skaliska; to se stává i za nejklidnějšího počasí. Za přílivu proudí sice voda do úseku mezi Lofotenem a Moskoe s bouřlivou prudkostí, ale ryk jejího dravého odlivu přehluší snad i ty nejhřmotnější a nejhroznější peřeje. Ten hluk je slyšet na několik mil, a víry a prohlubně jsou tu tak rozsáhlé a hluboké, že nevyhnutelně pohltí každou loď, která se dostane do jejich osidel, vtáhnou ji ke dnu a tam ji na padrť rozbijí o skály, a teprve když se moře utiší, jsou trosky vyvrhovány nahoru. Tato mezidobí klidu nastávají ovšem jen mezi odlivem a přílivem, a to za klidného počasí, a trvají i tak jen čtvrthodinku; pak se proud rozběsňuje nanovo. A když je nejsilnější a vřavu zesílí ještě bouře, není radno přibližovat se k němu na dobrou míli. Čluny, jachty i větší lodi, které z neopatrnosti vpluly do jeho toku, byly smeteny. Často se také stává, že se k proudu až příliš blízko dostanou velryby a nápor vod se jich zmocní; a jak potom vyjí a bučí v marné snaze vyprostit se, nelze vůbec vylíčit. Jednou proud zachytil medvěda, který se pokoušel přeplavat z Lofotenu na Moskoe a byl vtažen do víru; medvěd řval tak strašlivě, že ho bylo slyšet až na pobřeží. Veliké kmeny smrků a sosen, které proud pohltil, vyplouvají na povrch tak zpřeráženy a rozdrásány, jako by z nich rostly bodliny. To dotvrzuje, že dno tvoří ostré útesy a kmeny se mezi nimi zmítají. Tento proud se řídí přílivem a odlivem – každých šest hodin se směr příboje střídá. Roku 1645 časně zrána, osmé neděle před Velikonocemi, se tu rozpoutala taková vřava, že i kameny z pobřežních domů padaly na zem."

Pokud jde o hloubku moře, nechápu, jak vůbec mohla být změřena v bezprostřední blízkosti víru. Těch „čtyřicet sáhů" se může týkat jen úseků úžiny těsně u břehů buď Moskoe, nebo Lofotenu. Hloubka uprostřed Moskoeströmu je jistě nesrovnatelně větší, a lépe než co jiného nás o této skutečnosti přesvědčí i boční pohled do propastného trychtýře z největšího útesu Helseggenu. Když jsem z tohoto temene hleděl na vyjící podsvětní Flegeton, musel jsem se usmívat prostoduchosti, s jakou počestný Jonas Ramus zaznamenával historky o velrybách a medvědech, jako by to bylo něco bezmála neuvěřitelného; mně totiž připadalo naprosto samozřejmé, že kdyby se i největší loď, která dnes brázdí oceány, dostala na dosah té vražedné přitažlivosti, mohla by jí stejně vzdorovat tak málo, jako peříčko vzdoruje hurikánu, a jistě by naráz beze stopy zmizela.

Pokusy vysvětlit tento úkaz – některé z nich, pokud si vzpomínám, mi při čtení připadaly docela hodnověrné – se mi teď jevily v naprosto jiném a neuspokojivém světle. Všeobecně se přijímá tvrzení, že tento vír, jakož i tři menší víry mezi Faroerskými ostrovy, „nemají jiné příčiny než tu, že stoupající a klesající vlny narážejí při přílivu a odlivu na hrany skal a bradel, což do té míry stlačuje vodu, že pak peřejemi vyráží; a tak čím vyšší příliv, tím hlubší je nepochybně pád, a přirozeným výsledkem toho všeho je vodní vír, jehož mohutná sací schopnost je dostatečně známa z menších pokusů." – Tak praví *Encyclopaedia Britannica.* Kircher a jiní si představují, že uprostřed maelströmské úžiny je průrva, která se zavrtává do zemské kůry a vyúsťuje kdesi daleko odtud – v jednom případě se dost rozhodně tvrdí, že je to Botnický záliv. A právě tuto domněnku, jakkoli bláhovou, má fantazie při pohledu na vír přijala nejochotněji; ale když jsem se o tom zmínil svému průvodci, překvapilo mne, že tento názor nesdílí, třebaže valná většina Norů o té věci tak smýšlí. Pokud jde o první výklad, přiznával, že mu za mák nerozumí, a já jsem s ním vlastně souhlasil – neboť ať si na papíře vypadá sebenezvratněji, je uprostřed burácení té propasti naprosto nesrozumitelný, ba nesmyslný.

„Pěkně jste se na ten vír vynadíval," řekl stařec, „a teď se laskavě protáhněte kolem téhle skalky, abyste byl v závětří, kam tolik nedoléhá řev moře, a já vám povím příhodu, která vás přesvědčí, že bych měl něco o Moskoeströmu vědět."

Usadil jsem se, jak si přál, a stařec pokračoval:

„Míval jsem ještě se dvěma bratry dvoustěžňovou šalupu, měla asi sedmdesát tun, a s tou jsme vyjížděli na ryby mezi ostrovy za Moskoe blízko Vurrghu. Ve všech prudkých protiproudech na moři se dá ve vhodnou dobu slušně lovit, jen když má člověk dost odvahy pustit se tam, jenže, jak vám povídám, ze všech lidí na lofotenském pobřeží jsme se jedině my tři vydávali pravidelně až k těm ostrovům. Obyčejně se jezdí lovit o hodný kus níž na jih. Tam se ryba chytne, kdy si vzpomenete, a bez nebezpečí, a proto je to oblíbenější loviště. Ale tam, na těch našich vyhlídnutých místech mezi skalami, se vytáhnou nejen ty nejlepší kusy, ale taky v daleko větším množství, takže jsme často za pouhý den nalovili tolik, kolik bázlivější mládenci nesehnali do kupy ani za týden. Vlastně to byla od nás taková zoufalá spekulace – místo dřiny jsme hazardovali životem, naším kapitálem byla odvaha.

Kotvili jsme se šalupou v malé zátoce asi pět mil odtud podél břehu nahoru; a mívali jsme ve zvyku využívat za pěkného počasí té čtvrthodinové přestávky mezi přílivem a odlivem k tomu, že jsme se rychle přeplavili přes hlavní úžinu Moskoeströmu, hodný kus nad prohlubní, a pak jsme spustili kotvu někde poblíž Otterholmu nebo Sandflesenu, kde spodní proudy nejsou tak divoké jako jinde. Tam jsme zůstávali, a teprve krátce před dalším utišením jsme vyplouvali zpátky domů. Nikdy jsme tuhle výpravu nepodnikali, jestliže nám nevál na cestu tam i zpátky stálý boční vítr – vítr, o kterém se dalo s jistotou říci, že nás před návratem nenechá na holičkách – a v tom jsme se taky zřídkakdy přepočítali. Za šest let jsme jen dvakrát museli celou noc kotvit na jednom místě pro úplné bezvětří, které právě v těchhle končinách je opravdu vzácné; a jednou jsme museli na lovišti zůstat a trápit se tam hladem skoro týden zas kvůli smršti, která propukla krátce potom, co jsme tam dorazili, a tak rozbouřila průliv, že na návrat nebylo pomyšlení. Tenkrát by nás to bylo zaneslo na širé moře dělej co dělej (víry nás totiž proháněly kolem dokola tak zběsile, že jsme nakonec spustili kotvu a vlekli ji za sebou), kdybychom byli náhodou nevpluli do jednoho z té spousty příčných proudů, co se tam jeden den objeví a zítra už jsou pryč – nu, a ten nás pak zahnal až do závětří Flimenu, u kterého jsme naštěstí přistáli.

Já vám nevypovím ani dvacetinu těžkostí, které nás trápily přímo na lovišti – je tam člověku mizerně i za pěkného počasí –, ale vždycky jsme se hleděli protlouct bez pohromy aspoň tím peklem Moskoeströmu, ačkoli jsem občas míval taky srdce v kalhotách, když jsme se tam dostali nějakou tu minutu před nebo po začátku utišení. Někdy vítr nebýval tak silný, jak jsme si mysleli při vyplutí, a pak jsme zdaleka nedopluli tam, kam jsme chtěli, a šalupa se v tom proudu nedala ovládat. Můj nejstarší bratr měl osmnáctiletého syna a já jsem měl taky dva statné chlapce. V takových chvílích by se mohli chopit vesel a i později při lovu by nám mohli pomáhat, ale neměli jsme to srdce vystavovat mladé nebezpečí, když už jsme riskovali sami – protože, když se to tak vezme, bylo to hrozné nebezpečí, to mi věřte.

Za pár dní to budou tři roky, co se stalo to, o čem vám teď budu povídat. Bylo to desátého července a na ten den lidi v těchhle končinách do smrti nezapomenou, protože tenkrát zuřil nejstrašnější orkán, jaký kdy nebesa seslala; a přece celé dopoledne a dokonce hodný kus odpůldne vál jen slabounký větřík od jihozápadu a k tomu zářilo slunce, takže ani nejzkušenější mořeplavec mezi námi nemohl předvídat, co pak přišlo.

My tři – moji dva bratři a já – jsme přepluli k ostrovům kolem druhé hodiny s poledne a brzy jsme měli skoro vrchovatou šalupu samých pěkných ryb, kterých – to jsme si všimli – bylo ten den mnohem víc než kdykoli předtím. Na mých hodinkách bylo právě sedm, když jsme zvedli kotvu a vypluli domů, abychom zase nejhorší úsek strömu proplouvali v mezidobí klidu, které mělo nastat v osm hodin.

Vyrazili jsme za čerstvého větru z pravého boku a chvíli jsme čile uháněli vpřed; na nebezpečí jsme si ani nevzpomněli, opravdu nebyl nejmenší důvod k obavám. Znenadání nás však překvapil vítr, který vál od

Helseggenu. To bylo něco naprosto nebývalého, co se nám až dosud nepřihodilo, a taky jsem začal být drobátko neklidný, i když jsem nevěděl proč. Natočili jsme loď k větru, ale nemohli jsme se hnout z místa kvůli protiproudům; už jsem chtěl navrhnout, abychom se vrátili na naše kotviště, vtom jsme ale za zády spatřili obzor celý pokrytý prazvláštním měděným mrakem, který se s úžasnou rychlostí rozrůstal.

Větřík, který se vzdul proti nám, mezitím utichl, takže jsme byli najednou v naprostém bezvětří a moře si s námi dělalo, co chtělo. Tenhle stav netrval dlouho – ani jsme neměli čas o něm uvažovat. Neuplynula minuta a přepadla nás bouře – do dvou minut se obloha úplně zatáhla – a když se k tomu přihnala ještě vodní tříšť, udělala se náhle taková tma, že jsme jeden druhého na lodi ani neviděli.

Bylo by bláhové chtít vám vylíčit hurikán, který se tenkrát rozpoutal. Nejstarší námořník v Norsku nikdy nic podobného nezažil. Než nás to naplno zasáhlo, stačili jsme ještě honem svinout plachty, ale už první náraz nám urazil oba stěžně, zrovna jako by je přeťal, a hlavní stěžeň vzal s sebou i mého nejmladšího bratra, který se k němu pro jistotu přivázal.

Naše loď byla něco tak lehoučkého – nu, hotové pírko na vodě. Palubu měla hladkou, bez přístavků, až na malý poklop na přídi, který jsme před plavbou přes ström vždycky pevně zatloukli – pro případ, že by se vlny moc vzdouvaly. Nebýt toho, byli bychom naráz ztroskotali – protože na chvíli se voda nad námi dočista zavřela. Jak můj starší bratr unikl záhubě, to vám nepovím, poněvadž jsem to už nikdy nemohl zjistit. Pokud se mne týká, jakmile jsem strhl přední plachtu, plácl jsem sebou na palubu, vzepřel se nohama o nízké brlení na přídi a rukama jsem popadl kruhový svorník u paty předního stěžně. Udělal jsem to naprosto pudově – a podle všeho to bylo to nejlepší, co jsem mohl udělat – protože na nějaké přemýšlení jsem byl až moc vyplašený.

Chvíli jsme byli, jak povídám, úplně pod vodou, a celý ten čas jsem zadržoval dech a svíral svorník. Když už jsem to nemohl vydržet, klekl jsem si – aniž jsem se ovšem pustil kruhu, a tak jsem si uvolnil hlavu. Potom se náš člun zatřepal zrovna jako pes, když vyleze z vody, a tak se aspoň trochu zbavil té záplavy. Snažil jsem se teď překonat mrákoty, které na mě padly, vzít rozum do hrsti a rozmyslet si co dál – a tu mne kdosi uchopil za rameno. Byl to můj starší bratr. Srdce mi poskočilo radostí, protože jsem ho už viděl v moři – ale v příští vteřině se má radost proměnila v děs – neboť bratr přiblížil ústa těsně k mému uchu a vykřikl jen jedno slovo: *Moskoeström!*

Nikdo nikdy nepochopí, co jsem v tu chvíli prožíval. Roztřásl jsem se od hlavy k patě, jako bych měl prudký záchvat zimnice. Až moc dobře jsem si uvědomil, co tím jedním slovem myslí – věděl jsem, co mi tím chce naznačit. S větrem, který nás teď hnal, jsme nezadržitelně mířili do víru strömu a nic nás nemohlo zachránit!

Víte dobře, jak jsme úžinu strömu přeplouvali vždycky hodně daleko nad vírem, i když bylo překrásně, a jak jsme pak bedlivě vyčkávali klidné chvilky mezi příbojem – a teď si představte, že jsme se řítili rovnou do té prohlubně, a ještě v takovém orkánu! Ale jedna věc je jistá, pomyslil jsem si, doplujeme tam zrovna v tom utišení – aspoň ždibínek naděje tu je – ale vzápětí jsem se proklínal, co jsem to za blázna, když ještě bláhově uvažuju o naději. Dobře jsem věděl, že je s námi konec, i kdybychom byli velelodí s devadesáti kanony na palubě.

Tou dobou první zuřivý nápor vichřice už ochabl, anebo jsme ji tolik nepociťovali, protože jsme klouzali před ní, ale buď jak buď, vlny, které až dosud vítr srážel, uhlazoval a zpěňoval, se teď vzedmuly v učiněné hory. Také na obloze nastala podivná změna. Kolem nás bylo pořád tma jako v pytli, ale takřka nad hlavou se zničehonic protrhla kulatá díra a v ní bylo jasné nebe – v životě jsem neviděl tak sytou, jasnou, tak čistou modř – a tou dírou prozařoval měsíc v úplňku a tak se vám třpytil, jak jsem ho třpytit ještě neviděl. Všecko kolem nás naprosto zřetelně ozářil – ale panebože, byla to podívaná, co ozařoval!

Několikrát jsem se pokusil na bratra promluvit, ale hukot se najednou tak vzmohl – aniž jsem chápal proč –, že bratr neslyšel jediné slovo, třebaže jsem mu z plných plic křičel do ucha. Pak zavrtěl hlavou a bledý jako stěna zdvihl ukazovák, jako by chtěl říci: ‚Poslouchej!'

Zprvu jsem nechápal, co tím myslí – brzy mi však kmitla hlavou šeredná myšlenka. Vytáhl jsem z kapsy hodinky. Nešly. Ve svitu měsíce jsem pohlédl na jejich ciferník – vytryskly mi slzy a mrštil jsem hodinky daleko do moře. *Zastavily se v sedm hodin! Už jsme zmeškali utišení příboje a vír strömu teď běsní naplno!*

Když je loď dobře stavěná, řádně vyvážená a nepřetížená a pluje-li v silné vichřici s plnými plachtami, vždycky se zdá, jako by vlny pod ní klouzaly – což člověku z pevniny připadá velmi podivné. V námořnické hantýrce se tomu říká ‚jízda'.

Tedy až dosud se nám jízda po vzdutých vlnách hezky dařila, ale najednou nás obrovská vlna popadla zrovna pod kormou, a jak se zdvihala, vynášela nás s sebou bůhvíkam nahoru – výš a výš. Nikdy bych byl nevěřil, že může vlna vystoupit tak vysoko. A pak jsme sjížděli dolů, zhoupli se, klouzali a řítili se, až mi bylo zle a tak mdlo, jako bych ve snu padal z nějaké vysokánské hory. Když jsme však byli nahoře, rychle jsem se rozhlédl kolem – a ten krátký pohled mi úplně stačil. Rázem jsem poznal naši přesnou polohu. Vír Moskoeströmu byl asi čtvrt míle rovnou před námi – ale podobal se tak málo denně vídanému Moskoeströmu, jako se tamhleten vír, co na něj koukáte, podobá mlýnskému náhonu. Kdybych byl nevěděl, kde asi jsme a co nás čeká, byl bych to místo vůbec nepoznal. A tak jsem s hrůzou bezděky zavřel oči. Víčka se mi sama jakoby v křeči sevřela.

Snad neuběhly ani dvě minuty a náhle jsme pocítili, že vlny klesají; také nás obklopovala pěna. Loď sebou prudce trhla doleva a jako blesk vystřelila novým směrem. A současně zaniklo burácení moře v jakémsi ječivém skřeku – představte si zvuk, jako když tisíce parníků vypouští najednou páru. Ocitli jsme se v pásmu vlnobití, které vír vždycky obepíná; přirozeně mi napadlo, že v příští vteřině nás to srazí do propasti – do které jsme ovšem viděli jen nezřetelně, protože jsme letěli úžasnou rychlostí. Zdálo se mi, že loď ani nebrázdí vodu, nýbrž jen jako bublina poskakuje po povrchu příboje. Po jejím pravém boku byla propast víru, nalevo strměl nesmírný oceán, který jsme nechali za sebou. Stál tam jako obrovitá zmítající se stěna mezi námi a horizontem.

Snad vám to bude připadat divné, ale když jsme teď byli přímo v jícnu propasti, cítil jsem se vyrovnanější, než když jsme se k ní jen blížili. Vzdal jsem se veškeré naděje a tím jsem se také do značné míry zbavil strachu, který mne zprvu ochromoval. Patrně mi zoufalství vzpružilo nervy.

Možná že to vypadá, jako bych se vychloubal – ale všecko, co vám povídám, je pravda: začal jsem uvažovat, jak je to nádherné a velkolepé umírat takovým způsobem a jak hloupé bylo ode mne myslet na něco tak nicotného, jako je vlastní osobní život, před tváří tak úchvatného projevu boží moci. A dokonce věřím, že jsem se při tom pomyšlení zarděl studem. Za chvilku jsem už hořel nedočkavou zvědavostí na propast samu. Pocítil jsem dokonce silnou touhu prozkoumat její hlubiny i za cenu oběti, kterou podstoupím; a nejvíc mne rmoutilo to, že nikdy nebudu moci vyprávět kamarádům na souši o záhadách, které uvidím. Věru, prapodivné představy v hlavě člověka při takovém neštěstí – často jsem si pak říkal, že to kroužení lodi kolem prohlubně mne trochu pomátlo.

A ještě jedna okolnost přispěla patrně k tomu, že jsem zase našel rovnováhu; v té poloze k nám totiž nedoléhal vítr, protože, jak jste sám viděl, pásmo příboje je o mnoho níž než hladina oceánu – ten se nad námi tyčil v podobě vysokého, černého horského hřebenu. Jestli jste dosud nezažil opravdovou mořskou bouři, nemůžete si představit, jak takový vítr s vodní tříští dovede člověka pomást. Oslepí vás, ohluší, rdousí a připraví vás o veškerou schopnost jednat či uvažovat. Ale teď jsme měli od těchhle nepříjemností jakžtakž pokoj – právě tak jako na smrt odsouzení zločinci se dočkávají drobných úlev, které jim nejsou povoleny, dokud jejich osud není zpečetěn.

Nepovím vám, kolikrát jsme vlastně opsali ten kruh. Snad jsme celou hodinu kroužili kolem dokola, a to jsme spíš létali, než pluli, a ustavičně jsme se blížili ke středu příboje, k jeho strašlivému vnitřnímu okraji. Celou tu dobu jsem se nepustil svorníku. Můj bratr byl na zádi, kde se držel prázdného soudku na vodu, který byl pevně přivázán pod vydutým brlením a byl jedinou věcí, jež nebyla smetena s paluby při prvním náporu vichřice. Když jsme se přiblížili k samému kraji propadliště, pustil se soudku a sahal po kruhu, od kterého mi chtěl v hrůze násilím odtrhnout ruce – kruh nebyl totiž dost velký, abychom se ho bezpečně mohli držet oba. V životě mne nic tak hluboce nezarmoutilo jako tento bratrův skutek – třebaže jsem věděl, že v té chvíli strachem zešílel, že se z něho stal pomatený zuřivec. Mně se ale vůbec nechtělo prát se s ním. Věděl jsem, že už na tom nesejde, jestli se z nás někdo drží nebo ne, a proto jsem mu přenechal svorník a odebral se k soudku na záď. To mi nedělalo velké potíže, protože šalupa teď kroužila dost pravidelně, vyrovnaně a kymácela se jen s ohromnými rozkyvy a rozmachy víru. Ale sotva jsem zaujal novou polohu, nahnuli jsme se prudce na pravý bok a řítili se střemhlav do propasti. Rychle jsem vyblekotal modlitbu k Bohu a řekl si, že je po všem.

Jakmile jsem pocítil závratný let dolů, bezděčně jsem pevněji sevřel soudek a zavřel oči. Několik vteřin jsem se je neodvažoval otevřít v očekávání okamžitého konce a jen jsem se divil, že dosud nenastal smrtelný zápas s vodou. Ale vteřiny míjely jedna za druhou. Dosud jsem žil. Přestal jsem cítit, že padáme, a také pohyb lodi se mi zdál skoro stejný jako předtím uprostřed pěny, až na to, že jsme se teď víc nakláněli. Zmužil jsem se a opět se rozhlédl kolem.

Nikdy nezapomenu na ty pocity posvátné bázně, děsu a údivu, s kterými jsem civěl kolem sebe. Loď jako by se teď nějakým divem vznášela v půli cesty do hlubin na vnitřní straně nesmírně širokého a závratně hlubokého jícnu. Člověk by málem věřil, že ta stěna je z ebenu, kdyby šílenou rychlostí nevířila kolem nás a nezářila tak oslnivě a příšerně – neboť do ní z kruhové průliny v mracích, o které jsem se zmínil, svítil úplněk a metal nádhernou záplavu zlata na její černé srázy a dál a hloub až do nitra propasti.

Ze začátku jsem byl příliš zmaten, abych něco podrobně pozoroval. Měl jsem jen celkový zaplavující dojem úděsné velkoleposti. Když jsem se však trochu vzpamatoval, bezděčně jsem pohlédl dolů – poloha šalupy na srázu prohlubně mi pohled tím směrem umožňovala. Loď seděla docela pevně na hladině – aspoň její paluba s ní byla v rovnoběžné rovině, jenže hladina sama se skláněla v úhlu pětačtyřiceti stupňů, takže mi připadalo, že ležíme úplně na boku. Přesto jsem si všiml, že udržuji rovnováhu právě tak dobře, jako bychom seděli na vodě zpříma jak svíce – to podle všeho působila rychlost, s jakou jsme kroužili.

Měl jsem dojem, že svit měsíce dopadá až na dno těch propastných hloubek, ale nic jsem tam pořádně nerozeznával pro hustou mlhu, která dole všecko zahalovala a nad kterou se klenula skvostná duha jako ten uzoučký, vratký most, který podle mohamedánů má být jedinou stezkou mezi Časem a Věčností. Ta mlžina či sprška vznikala zřejmě tím, jak se na dně srážely a protínaly ohromné stíny trychtýře, ale neodvážím se vám líčit, jaký řev z té mlžiny vyrážel k nebi.

Když jsme poprvé sklouzli z vrstvy pěny do propasti, smetlo nás to po srázu hodně hluboko, pak jsme ale klesali velmi neúměrně. Vířili jsme kolem dokola – ale ne plynule, nýbrž s omračujícími smyky, které nás vrhaly tu jen několik desítek yardů, tu zas bezmála kolem celého obvodu víru. Po každé otáčce jsme sice zvolna, ale naprosto viditelně poklesli.

Když jsem se tak rozhlížel po té nedohledné pustině tekutého ebenu, který nás unášel, všiml jsem si, že naše loď není jediným předmětem v objetí víru. Nad námi i pod námi jsem viděl trosky lodí, ohromnou změť stavebního dříví a kmenů i četné menší předměty jako kusy nábytku, roztlučené bedny, sudy a prkna. Už jsem vám líčil, jak ve mně nepřirozená zvědavost zvítězila nad počátečním strachem. A čím jsem byl blíž hroznému konci, tím víc ve mně rostla. Začal jsem si s podivným zájmem prohlížet všechny ty věci, které nás na naší pouti provázely. Jistě jsem už blouznil, protože jsem se dokonce začínal bavit odhadováním, co dřív a s jakou rychlostí klesne do pěny pod námi. Jednou jsem se přistihl, že říkám: ‚Tahle jedle je teď určitě na řadě, ta teď žbluňkne dolů a zmizí,' – a pak mě zklamalo, že ji předhonil vrak holandské obchodní lodi, který sjel dřív. Když jsem tak hádal ještě několikrát a pokaždé špatně, přivedl mne tento fakt – totiž ty neúchylně špatné výpočty – na sled myšlenek, z kterých se mi znovu roztřásly údy a rozbušilo srdce.

Tentokrát mne neomráčil strach, byl to úsvit něčeho, co ještě víc vzrušuje – naděje. Tahle naděje se zrodila částečně ze vzpomínky, částečně z okamžitého pozorování. Vzpomněl jsem si na nejrozličnější plovoucí předměty rozseté po lofotských březích, myslím předměty, které nejdřív pohltil a pak vyvrhl Moskoeström. Valná většina těch věcí byla prazvláštním způsobem rozbita – byly tak odřeny a potlučeny, že působily dojmem, jako by z nich trčely třísky – ale také jsem si jasně vybavil, že některé z nich vůbec nebyly pohmožděny. Nedovedl jsem si ten rozdíl vysvětlit jinak, než že ty potlučené trosky byly předtím pohlceny úplně – kdežto ty druhé vsál vír až na sklonku přílivu či odlivu, anebo z jiného důvodu klesaly tak pomalu dolů, že se před obratem příboje nedostaly na dno. Pokládal jsem za možné, že by je v obojím případě mohl vír zas vynést na hladinu a nemusel je proto stihnout osud předmětů, které byly vtaženy dřív a rychleji. Všiml jsem si také tří důležitých věcí: předně, že čím větší byla tělesa, tím rychleji – podle obecného zákona – klesala; za druhé, že ze dvou předmětů stejného objemu, z kterých jeden byl kulatý a druhý měl tvar jakýkoli, padal ten kulatý daleko rychleji; a za třetí, že ze dvou věcí stejně velikých, z nichž jedna měla tvar válce a druhá tvar libovolný, byl válec pohlcován pomaleji. Od té doby, co jsem se zachránil, hovořil jsem na tenhle námět několikrát se starým učitelem z našeho okresu a ten mě poučil o pojmech, jako je válcovitý či kulovitý tvar. Také mi vysvětlil – ovšem ten výklad jsem už zapomněl –, že to všecko, co jsem tam pozoroval, bylo vlastně přirozeným důsledkem různých tvarů plovoucích trosek, a ukázal mi, jak to přišlo, že takový válec, který ve víru kroužil, odolával víc jeho sací síle a nebyl vtažen tak snadno jako stejně objemný předmět jiného tvaru.

K tomuhle pozorování mne do značné míry pobídla jedna zarážející okolnost – a vlastně mě přiměla, abych své postřehy zužitkoval: při každé otáčce jsme totiž míjeli něco jako sud nebo ráhno či stěžeň, jenže mnoho těch věcí, které byly na stejné úrovni s námi, když jsem poprvé otevřel oči na ty propastné divy, bylo teď vysoko nad námi a zdálo se, že se z dřívější polohy sotva pohnuly.

A už jsem se nerozmýšlel, co mám dělat. Rozhodl jsem se, že se pevně přivážu k soudku na vodu, kterého jsem se dosud držel, že ho odříznu od brlení a vrhnu se s ním do moře. Dával jsem bratrovi znamení, ukazoval jsem mu na plovoucí sudy, které se k nám přibližovaly, a všemožně jsem mu naznačoval, co mám v úmyslu. Měl jsem nakonec dojem, že to pochopil, ale ať porozuměl nebo ne, zoufale pokynul hlavou a odmítl opustit své místo u kruhu. Nemohl jsem k němu, v nejvyšší nouzi se nedalo otálet – i zanechal jsem ho s krutým přemáháním jeho osudu; připoutal jsem se k sudu provazy, kterými byl soudek až dosud přivázán k brlení, a bez dalšího váhání jsem se vrhl do moře.

Dopadlo to přesně tak, jak jsem doufal, že by to mohlo dopadnout. A protože vám ten příběh nevypráví nikdo jiný než já sám – protože vidíte, že jsem se opravdu zachránil – a také už znáte způsob, jakým se mi ta záchrana povedla, a víte tedy předem všecko, co bych mohl ještě povídat, vezmu to už jenom zkrátka. Uplynula asi tak hodina od chvíle, co jsem vyskočil – a šalupa, která sklouzla daleko pode mne, náhle třikrát nebo čtyřikrát za sebou bleskurychle zakroužila a klesla i s milovaným bratrem navždy do zpěněného chaosu tam dole. Sud, ke kterému jsem se připoutal, klesl jen o trochu níž, než byla poloviční vzdálenost mezi dnem propasti a místem, kde jsem se vrhl přes palubu – a pak se celý vír začal od základu měnit. Stěna obrovského jícnu se očividně vyrovnávala, sklon se mírnil. Prudkost kroužení polevovala, zvolňovala se. Poznenáhlu mizela pěna i duha a dno hlubiny jako by se zvolna zvedalo. Obloha se vyjasnila, vítr se utišil; na západě se právě skláněl zářící úplněk, když jsem se octl na hladině oceánu; před očima jsem měl lofotské břehy; vyplul jsem zrovna nad místem, kde byl předtím ohromný vír Moskoeström. Příboj měl právě svou chvilku oddechu –

i když hurikán pořád ještě valil obrovské vlny. Odnášelo mě to zběsile do úžiny strömu a za pár minut mnou moře smýkalo podél břehů k rybářským ‚revírům'. Sebrala mě loď nadobro vyčerpaného – a teď, když nebezpečí minulo – oněmělého ze vzpomínky na jeho hrůzy. Ti, co mě vytáhli, byli moji staří kamarádi, s kterými jsem se denně vídal, ale nepoznali mě – právě tak jako by nepoznali poutníka z říše duchů. Vlasy, den předtím černé jako havran, jsem měl bílé, jak je vidíte teď. Prý se mi taky změnil celý výraz obličeje. Vyprávěl jsem jim, co se mi stalo – oni tomu nevěřili. Teď ten příběh vyprávím vám – a sotva mohu čekat, že byste tomu uvěřil ochotněji než ti veselí rybáři z Lofotenu."

# RUKOPIS NALEZENÝ V LÁHVI

*Qui n'a plus qu'un moment à vivre*
*N'a plus rien à dissimuler.*[1]
Quinault, *Atys*

O své vlasti a rodině vám toho mnoho nepovím. Mizerné poměry a dlouhá léta mne vypudily z jedné a odcizily druhé. Zdědil jsem jmění, a to mi umožnilo trochu výjimečně se vzdělat, zatímco záliba v kontemplaci mi umožnila všechny ty vědomosti, které jsem pilným studiem v mládí načerpal, pěkně uspořádat. Liboval jsem si především v dílech německých moralistů, ne ovšem z nějakého nemístného obdivu k jejich upovídané potřeštěnosti, ale spíš pro pocit snadnosti, s jakou jsem díky neúhybně logickému myšlení odkrýval jejich bludy. Bylo mi často vytýkáno, že mám příliš suchopárné sklony, jako ze zločinu mne obviňovali z nedostatku fantazie, daleko široko byly známy mé skeptické, pochybovačné názory. A obávám se, že fyzikální výklad světa, k němuž jsem se silně přikláněl, zastřel mou mysl tím nejobvyklejším omylem našeho věku – totiž zvykem vysvětlovat všechny jevy, i takové, které se nadobro příčily podobnému výkladu, na základě principů přírodní vědy. Zkrátka, sotva byste našli někoho druhého, kdo by se dal neochotněji zlákat bludičkou pověry z posvátné půdy přísné pravdy. Mám za vhodné toto předeslat, aby neuvěřitelný příběh, který vám tu vypovím, nebyl pokládán spíše za blouznění čiré fantazie než za skutečný zážitek člověka, pro kterého přeludy obraznosti byly vždy mrtvou literou a nesmyslem.

[1] (fr.) – Komu zbývá jen chvilka života, nemá, co by skrýval.

Po mnoha letech cestování v cizích zemích vyplul jsem před časem z přístavu Batávie na bohatém a lidnatém ostrově Jávě na cestu po Sundském souostroví. Jel jsem jako turista – neměl jsem totiž jiný důvod k cestování, než jakýsi nutkavý nepokoj, který mne štval jako ďábel.

Naše plavidlo byla krásná, přibližně čtyřistatunová loď, vyztužená mědí, postavená v Bombaji z malabarského týkového dřeva. Vezla z Lachadivských ostrovů bavlnu a olej. Měli jsme na lodi také kokosovou vláknovinu a ořechy, palmový cukr, přepouštěné tuky a několik beden opia. Náklad byl uložen dost neobratně, takže rovnováha lodi byla vratká.

Vypluli jsme za mírného vánku a po mnoho dní jsme se vláčeli podél východního pobřeží Jávy, kde nám jednotvárnou plavbu rozptylovalo jen občasné setkání s malými dvoustěžníky z ostrovů, ke kterým jsme mířili.

Jednou večer, opřen o zábradlí na zádi, zpozoroval jsem na severozápadě zvláštní, osamocený mráček. Byl zajímavý jak svou barvou, tak tím, že to byl vůbec první mrak, který jsme od našeho vyplutí z Batávie zahlédli. Sledoval jsem jej pozorně až do západu slunce; tu se znenadání protáhl na východ i na západ a ovroubil obzor úzkým pruhem páry, jenž vypadal jako dlouhý pás nízkého pobřeží. Brzy nato mne zaujal temněrudý měsíc a podivný vzhled mořské vody, která mi najednou připadala neobvykle průzračná. Přestože jsem jasně dohlédl na dno, spustil jsem olovnici a naměřil hloubku patnáct sáhů. Začínalo být nesnesitelné vedro a vzduch se tetelil spirálovitými výpary, jaké vystupují z rozžhaveného železa. Když se snášela noc, utichl i poslední závan větérku a nastal až nepředstavitelně mrtvý klid. Na vyvýšené zadní palubě hořel plamen svíčky bez nejmenšího záchvěvu a dlouhý vlas, který jsem podržel mezi palcem a ukazováčkem, se také ani nezachvěl. Kapitán však prohlásil, že nebezpečí odnikud nehrozí, a protože nás proud hnal bokem k břehům, přikázal svinout plachty a spustit kotvu. Ani hlídka nebyla postavena a posádka, složená většinou z Malajců, se pohodlně natáhla na palubě. Sešel jsem dolů – ne bez ošklivých předtuch. Vždyť mne všechny úkazy jasně přesvědčovaly o tom, že mám předvídat samum. Svěřil jsem se kapitánovi se svými obavami; ten mne však sotva poslouchal a ani se nenamáhal odpovědět mi. Nepokoj mi však nedal spát, a proto jsem kolem půlnoci vyšel na palubu. Sotva jsem však vkročil na kajutové schůdky, zarazil mne silný hukot, jaký vydává prudce roztočené mlýnské kolo, a než jsem si mohl ověřit jeho původ, pocítil jsem, že se loď kymácí. A vzápětí nás z boku zavalila nesmírná záplava vod, přehnala se přes celou loď, spláchla od zádi k přídi celou palubu.

Ukázalo se, že zběsilost náporu vlastně loď do značné míry zachránila. Byla sice úplně zatopena, protože se jí však utrhly stěžně, přece jen se po chvíli těžce vynořila, ještě se okamžik zmítala pod děsivým poryvem větru, a pak se napřímila.

Jakým zázrakem jsem unikl záhubě – těžko říci. Příval vod mne omráčil, a když jsem se probral, zjistil jsem, že vězím mezi zadním čelenem a kormidlem. S velkou námahou jsem vylezl, a jak jsem se tupě rozhlížel kolem sebe, nic jiného mne zprvu nenapadlo, než že jsme v ohromných vlnách pobřežního příboje: tak strašlivý, nepředstavitelný byl vír nebetyčných, zpěněných vln všude kolem nás. Potom jsem zaslechl hlas starého Švéda, který s námi vyplul z mateřského přístavu. Ze všech sil jsem na něho zařval a on se dopotácel na záď. Záhy jsme poznali, že jsme jediní, kdo pohromu přežili. Kromě nás dvou byli všichni z paluby smeteni do moře; kapitán a lodní důstojníci patrně zahynuli ve spánku, neboť kajuty byly úplně zaplaveny. Sotva jsme mohli doufat, že bez pomoci loď zabezpečíme, a zprvu stejně veškerou naši snahu ochromoval strach, že se co nevidět potopíme. Kotevní lano samozřejmě prasklo jako kus provázku hned při prvním poryvu hurikánu; jinak bychom byli rázem rozdrceni. S děsivou rychlostí jsme letěli před větrem, který za námi hrnul jednolitou stěnu oceánu. Žebroví na zádi bylo silně potlučeno a vůbec celá loď utrpěla strašné rány, avšak s ohromnou radostí jsme shledali, že čerpadla nejsou ucpána a také náklad že se příliš nepřesunul. Hlavní nápor vichřice se přes nás už přehnal a rozběsněný vichr nám teď větším nebezpečím nehrozil; báli jsme se naopak okamžiku, kdy vát přestane, neboť jsme dobře věděli, že s takhle rozbitou lodí nevyhnutelně zahyneme v ohromném vlnobití, jež se pak rozpoutá. Ale zdálo se, že právě tyto předtuchy se hned tak brzy nevyplní. Po celých pět dní a nocí – kdy jsme se živili jen kousíčky palmového cukru, který jsme stěží přitáhli z ubikací na přídi – letěl náš koráb nezměřitelnou rychlostí před prudkými poryvy větru, který se sice nevyrovnal té první běsnící smršti, byl však přesto děsuplnější než nejhroznější bouře, jakou jsem kdy zažil. První čtyři dny jsme s nepatrnými odchylkami pluli směrem jihovýchodním a jižním; patrně jsme se hnali podél břehů Nového Holandska. Pátý den se nesmírně ochladilo, třebaže se vítr stočil poněkud k severu. Slunce vyšlo s bleděžlutavým přísvitem, vyhouplo se jen pár stupňů nad obzor – a svítilo velmi nevýrazně. Nikde se neukázal jediný mrak, přesto však vítr sílil, dul teď s vrtošivou, proměnlivou zlobou. Kolem poledne, pokud jsme to mohli odhadnout, nás znovu upoutal vzhled slunce. Nevydávalo světlo v pravém slova smyslu, nýbrž jen matnou, soumračnou záři bez odlesku, jako by všechny jeho paprsky byly zpolarizovány. Krátce před tím, než zapadlo do vzdutého moře, pohasl náhle jeho ohnivý střed, jako by jej nevysvětlitelná síla chvatně zadusila. Když se potápělo do nezměrných hlubin oceánu, zbývala z něho už jenom šerá, postříbřená obroučka.

Čekali jsme marně na příchod šestého dne – ten den pro mne dosud nevzešel a pro Švéda už nevzejde. Od té chvíle obestírala nás nejčernější tma, v které jsme nerozeznávali zhola nic na dvacet kroků od lodi. Zahalovala nás nepřetržitá věčná noc, kterou nerozjasnil ani fosforeskující lesk moře, tak příznačný pro tropy. Také jsme zpozorovali, že přes neutuchající běsnění bouře neobjevují se teď kolem nás příbojové, zpěněné vlny, které nás až dosud doprovázely. Kol dokola byl jen děs a neproniknutelná chmura a černá, dusivá pustina z ebenu. Do duše starého Švéda vkrádala se zvolna pověrečná bázeň, mé nitro prostupoval němý úžas. Přestali jsme se nadobro starat o loď – bylo to beztak víc než zbytečné – a připoutali jsme se, jak nejlépe jsme mohli, k pahýlu zadního stěžně, odkud jsme zarputile zírali do světa oceánu. Ničím jsme nemohli počítat čas, ničím jsme nemohli odhadnout svou polohu. Byli jsme si však vědomi toho, že jsme dopluli hloub na jih než kterýkoli mořeplavec před námi, a žasli jsme jen nad tím, že jsme dosud nenarazili na známou ledovou přehradu. A zatím nám každou vteřinou hrozila smrt – každá obrovitá vlna nás spěchala rozdrtit. Příboj překonával mé nejfantastičtější představy a jistě jen zázrakem nás nepohřbil v hlubinách. Můj společník mi sice připomínal, že máme jen lehký náklad a loď že je opravdu výtečná, ale mně i sama naděje připadala propastně beznadějná a chmurně jsem vyhlížel smrt, kterou nic nemohlo oddálit, neboť každým uzlem cesty se černé horstvo vod dmulo hrozivěji a drtivěji. Tu jsme tajili dech ve výškách, kam se ani albatros nevznesl – tu jsme omdlévali ze závratné rychlosti, s jakou jsme se řítili do jakéhosi vodního pekla, v němž vzduch znehybněl, v němž jediný zvuk nerušil spánek bájných kraků.

A když jsme byli na dně jedné takové prohlubně, prořízl noc náhlý, úděsný výkřik mého druha. „Hleďte! Hleďte!“ ječel mi do uší. „Všemohoucí Bože! Tam! Hleďte!“ Za jeho křiku jsem si všiml matné, přízračné rudé záře, která se linula z úbočí obrovské strže, v níž jsme pluli, a oblévala palubu blikotavým třpytem. Pohlédl jsem vzhůru a tu jsem spatřil obraz, který mi zmrazil veškerou krev v žilách. V děsivé výši přímo nad námi a na samém okraji krkolomného srázu vznášela se gigantická loď, jež mohla mít čtyři tisíce tun. Třebaže se vzpínala na hřbetě vlny stokrát vyšší než byla sama, její rozměry zjevně přesahovaly velikost kterékoli řadové lodi či tehdejších lodí Východoindické společnosti. Její obrovský trup byl sytě, chmurně černý, neporušen jedinou obvyklou lodní ozdobou. Z otevřených střílen trčela jediná řada mosazných děl a jejich vyleštěný povrch odrážel plaménky nespočetných svítilen, které se houpaly v jejích ráhnech. Nejvíce nás však ohromilo to, že přímo navzdory těm nadpřirozeným vlnám i nezkrotnému orkánu proplouvala drze s napjatými plachtami. Když jsme ji zahlédli, bylo vidět jen její příď, jak se vynořuje z šeré hrůzné hlubiny, jež zanechává za sebou. Na vteřinku, plnou napjaté hrůzy, stanula loď na vratkém hřebenu, jako když se zamýšlí nad vlastní majestátností, pak se zachvěla, zakymácela a – sjížděla dolů.

A tu do mne náhle vstoupila bůhsuď jaká rozvaha. Dovrávoral jsem až na záď a bez obav jsem očekával zkázu, která nás co chvíli měla rozdrtit. Náš koráb už bezmála dodělával, přídí vězel pod vodou. Náraz padající masy zasáhl proto potopenou část trupu; to mělo nevyhnutelný následek – byl jsem s ohromnou prudkostí vymrštěn do ráhen neznámé lodi.

Jakmile jsem dopadl, natočila se loď proti větru a vyrazila dál. Domníval jsem se, že jen díky zmatku, který se strhl, nezpozorovala posádka, že jsem se na její lodi zachránil. Nikým nespatřen jsem snadno proklouzl k hlavnímu průvlaku, jehož poklop byl pootevřen, a brzy se mi naskytla příležitost ukrýt se v podpalubí. Proč jsem to udělal – na to neodpovím. Snad jsem se skryl hlavně proto, že mne hned při prvním pohledu na neznámé námořníky zachvátil neurčitý pocit posvátné hrůzy. Neměl jsem moc chuti vydat se do rukou těm podivným lidem, kteří se mi už při letmém pohledu zdáli tak výjimeční, probouzeli ve mně tolik pochyb a předtuch. Řekl jsem si proto, že bude moudré, najdu-li si pod palubou skrýš. Provedl jsem to tak, že jsem odsunul část posuvných prken: mezi ohromnými trámy trupu vznikl docela pohodlný útulek.

Sotva jsem práci dokončil, již mne do skrýše zahnaly blížící se kroky. Kolem mne prošel nepevnou, vratkou chůzí muž. Do obličeje jsem mu neviděl, ale postavu jsem si mohl dobře prohlédnout. Celý zjev svědčil o velkém stáří a vetchosti. Kolena mu vrávorala pod tíhou věku, tělo se chvělo pod tím břemenem. Přerývaným, tichým hlasem si mumlal slova v řeči, jíž jsem nerozuměl, a přehraboval v koutě hromadu prapodivných přístrojů a ztrouchnivělých lodních map. V jeho chování se mísila rozmrzelost zdětinštělého stáří se vznešenou důstojností Boha. Posléze vyšel na palubu a už jsem ho nespatřil.

Mou duši zaplavil pocit, pro který nemám jméno – citový vjem, který se příčí jakémukoli rozboru, na který nestačí zkušenosti dávných časů a který žel ani budoucnost nerozřeší. A právě toto pomyšlení trápí nejvíc člověka mého duševního založení. Nikdy – a já vím, že nikdy – se nedopátrám povahy svých představ. Ale není se co divit, že jsou tak neurčité – vždyť vyvěrají z tak naprosto nových zdrojů. Má duše je obohacena o nové vědomí – nový prvek existence.

Je tomu již dávno, co jsem vkročil na palubu této strašlivé lodi, a myslím, že se vlákna mé sudby začínají sbíhat k jedinému ohnisku. Ti nezbadatelní lidé! Pohříženi do meditací, jež nikdy nerozluštím, procházejí kolem mne bez povšimnutí. Je zcela bláhové, že se skrývám – vždyť ti lidé mne ani *nechtějí* vidět. Teprve nyní jsem se odhodlal projít přímo před zraky jednoho z důstojníků; před nedávnem jsem si troufl do soukromé kapitánovy kajuty a vzal jsem tam psací náčiní, s kterým toto píši. V tomto deníku budu čas od času pokračovat. Pravda – snad se mi ani nepodaří odevzdat jej světu, ale musím se o to aspoň ze všech sil snažit. V posledním okamžiku uzavřu dopis do láhve a vhodím jej do moře.

Jedna drobná příhoda mi dala nový námět k rozjímání. Jsou takové věci dílem slepé náhody? Odvážil jsem se vyjít na palubu a tam jsem se nikým nepovšimnut vrhl mezi hromadu stočených lan a starých plachet na dně joly. Když jsem tak dumal o výjimečnosti svého osudu, bezděčně jsem čmáral štětcem namočeným v dehtu po záhybech pečlivě svinuté závětrné plachty, která ležela vedle mne na sudu. Ta plachta je teď napjatá na ráhnu a bezmyšlenkovité tahy štětcem se roztáhly do slova OBJEVENÍ.

Poslední dobou jsem podrobně prozkoumával celou stavbu lodi. Přestože má silnou výzbroj, myslím, že to není loď válečná. Této domněnce odporuje také druh ráhnoví, tvar i veškerá výstroj. Co tato loď není, to mohu rozpoznat lehce; ovšem co je, to bohužel říci nemohu. Nevím čím to, ale když si tak rozbírám její nezvyklý typ a podivné rozložení ráhnových zápor, její obrovitost a nadměrnou zásobu plachet, její holou, nezdobenou příď a starodávnou záď, tu mi v mysli často vytane cosi velmi povědomého a k těmto mlhavým zákmitům paměti se vždycky přidruží i nevysvětlitelné vzpomínky na staré cizí letopisy a dávno zašlé věky.

Prohlížel jsem si žebroví lodi. Je zbudováno z materiálu, který vůbec neznám. Dřevo má podivnou vlastnost, která se podle mého zdání ani trochu nehodí k účelu, jakému má sloužit. Je totiž nesmírně porézní; nemá to ovšem co dělat s červotočivým rozpadem dřeva, který s sebou přináší plavba v těchto mořích, ani s hnilobou, kterou působí věk. To dřevo by se v každém ohledu podobalo španělskému dubu, kdyby španělský dub nějakým nepřirozeným vlivem nabobtnal.

Když jsem si přečetl předchozí větu, rozpomněl jsem se jasně na podivnou průpovídku starého ošlehaného holandského námořníka. Když někdo zapochyboval o jeho pravdomluvnosti, říkával rád: „Je to věc jistá, tak jistá, jako že je moře, a na moři loď, a té lodi roste trup, jako námořníkovi roste pupek.“

Asi před hodinou jsem se osmělil vmísit se mezi skupinu posádky. Ti lidé si mne vůbec nevšímali, a třebaže jsem zůstal stát přímo mezi nimi, zdálo se mi, že si naprosto nejsou vědomi mé přítomnosti. Tak jako muž, kterého jsem poprvé spatřil v podpalubí, jsou všichni poznamenáni sešlostí staroby. Kolena se jim třesou slabostí, chatrné plece se ohýbají samou vetchostí, svrasklá kůže jim chrastí ve větru, hlasy jim znějí tiše, třaslavě a přerývaně, v očích se jim leskne věkovitý slzotok a šedé vlasy jim strašlivě povlávají v bouři. Kolem nich, ve všech koutech paluby se válejí poházené matematické přístroje prapodivných tvarů a zastaralé konstrukce.

Poznamenal jsem před časem, že napjali závětrnou plachtu. Od té chvíle plula loď, vržená na pospas větru, děsivým letem dále na jih, od špic stěžňů až k nejspodnějším ráhnům pokryta kdejakým cárem plachty, co chvíli noříc i ráhnové hroty nadkošových plachet do úděsné vřavy běsnících vod, jakou si jen lidská fantazie dovede představit. Právě jsem opustil palubu, kde jsem se nemohl udržet na nohou, kde však mužstvu zřejmě nic nevadí. Pokládám to za zázrak všech zázraků, že moře jednou provždy nepohltí ten náš obrovský koráb. Jsme patrně odsouzeni věčně se potácet na samém rozhraní věčnosti a nikdy neskončit v propasti. Z vln tisíckrát mohutnějších než ty nejhroznější, jaké jsem viděl, klouzáme s lehkostí letícího racka; a hory vod tyčí nad námi svá temena jako démoni hlubin – leč jako démoni, kteří smějí hrozit, ale nesmějí zničit. Mohu si tyto neustálé úniky vysvětlit jedinou přirozenou příčinou, která by takto mohla působit – nezbývá mi než věřit, že loď je strhávána nějakým silným proudem nebo rozběsněnými spodními vodami.

Setkal jsem se tváří v tvář s kapitánem, dokonce v jeho kajutě – ale, jak jsem očekával, vůbec si mne nevšímal. Třebaže náhodný pozorovatel by v jeho zjevu nenalezl o nic víc, než co odpovídá pojmu člověka, já jsem naň hleděl s údivem, do něhož se mísil i pocit nepotlačitelné posvátné úcty a bázně. Je téměř tak vysoký jako já, totiž asi pět stop a osm palců. Tělo má urostlé a svalnaté, postavu ne zvlášť robustní či jinak nápadnou. Avšak je to něco jiného, co mne na něm vzrušuje, co mne plní tím nevýslovným pocitem – je to jedinečný výraz, který se zračí v jeho tváři – pronikavá, úchvatná i zarážející průkaznost stáří, stáří naprostého, nesmírného. Jeho čelo, třebas jen trochu vrásčité, jako by neslo pečeť myriády let. Jeho šediny jsou svědky minulosti a jeho ještě šedivější oči jsou vědmami budoucnosti. Podlaha jeho kajuty byla poseta podivnými folianty s železnými sponami, byly tu práchnivějící vědecké přístroje a zastaralé, dávno zapomenuté námořní mapy. Opíral si hlavu do dlaní a horečnýma, neklidnýma očima zíral na papír, který jsem pokládal za pověřovací příkaz a který byl skutečně podepsán nějakým mocnářem. Mumlal si pro sebe mrzutě a tiše – tak jako první námořník, kterého jsem viděl v podpalubí – jakési slabiky cizí řeči; a třebaže člověk, který takto mluvil, byl na dosah mé ruky, jeho hlas jako by k mému sluchu doléhal z mílových dálek.

Loď a všechno v ní je prostoupeno duchem dávnověkosti. Lodníci se míhají sem a tam jako duchové mrtvých věků; jejich oči hledí dychtivě a nepokojně; a když mi ve fantaskní záři palubních svítilen zkříží některá z těch postav cestu, tu se mne zmocní pocit, jaký jsem dosud nezažil, třebaže jsem se odjakživa hrabal v antikvitách a tak dlouho se hroužil do stínů padlých sloupů v Baalbeku a Tadmoru a Persepolisu, až i má duše se rozpadla v trosky.

Když se rozhlédnu kolem sebe, stydím se za své někdejší obavy. Jestliže jsem se chvěl před vichrem, který nás až dosud provázel, jak nemám být omráčen úžasem nad rvačkou větru a oceánu, pro niž slovo tornádo či samum jsou jen směšné, nemohoucí výrazy? Naši loď obklopuje černá tma věčné noci a chaos bezpěnných vod; avšak na míli od nás po obou stranách je možno občas nezřetelně spatřit hrozivé valy ledu, jež strmí do pusté oblohy jako zdi vesmíru.

Ukazuje se, že loď, jak jsem tušil, pluje v proudu – jestliže tak ovšem mohu nazvat tu lavinu vod, která hučí a ječí podél bílého ledu, která burácí na jih rychlostí, jakou se řítí k zemi zběsilý katarakt.

Pochopit úděsnost toho, co prožívám, je myslím zhola nemožné; a přece zvědavost, která mne nutí proniknout záhady těchto strašlivých končin, překonává i mé zoufalství a smíří mne nakonec i s tou nejobludnější vyhlídkou na smrt. Je zřejmé, že se ženeme za nějakým úchvatným posláním – za nějakým tajemstvím, které musí být navždy utajeno a jehož dosažení znamená zkázu. Snad nás tento proud unáší přímo k jižnímu pólu. Je nutno přiznat, že pro tuto domněnku, jakkoli napohled fantastickou, mluví mnoho okolností.

Mužstvo chodí po palubě neklidným, třaslavým krokem; ale výraz jejich tváří obráží spíše dychtivost naděje než netečnost zoufalství.

Zatím nám vítr stále duje do zad, a protože máme stožáry plné plachet, celá loď se chvílemi doslova vznáší z vln! Ó hrůzo hrůzoucí! Vpravo i vlevo se náhle otvírá led a my závratně kroužíme v nesmírných soustředných kruzích po okraji gigantického amfiteátru, jehož stěny se pnou a ztrácejí ve tmě a dálce. Ale už mi nezbývá mnoho času, abych se zamýšlel nad svým osudem! Kruhy se rychle zmenšují – řítíme se šíleně do propastného víru – uprostřed řevu a hukotu a burácení oceánu a bouře se loď kymácí – ó Bože! – a klesá…!

Poznámka: – – *„Rukopis nalezený v láhvi" byl původně uveřejněn v roce 1831, a teprve po mnoha letech jsem se obeznámil s mapami zeměpisce Merkatora, na kterých je oceán zakreslen tak, že čtyřmi rameny proniká do (severního) Polárního zálivu a tam jej pohlcují útroby země; pól sám je znázorněn černým útesem, který strmí do závratné výšky.*

# PODLOUHLÁ BEDNA

Před několika lety jsem si zamluvil plavbu na pěkné poštovní lodi Independence pod velením kapitána Hardyho, která mne měla dopravit z Charlestonu v Jižní Karolíně do New Yorku. V případě příznivého počasí jsme měli vyplout patnáctého června. Odebral jsem se čtrnáctého na loď, abych si ještě cosi uspořádal ve své kajutě.

Zjistil jsem, že budu mít hodně spolucestujících a že je mezi nimi větší počet dam, než bývá obvykle. V seznamu bylo i několik mých známých a velice jsem se zaradoval, když jsem tam zahlédl jméno mladého malíře, pana Kornela Wyatta, k němuž jsem choval velice přátelské city. Studovali jsme spolu na univerzitě v K. a často jsme se tam stýkali. Měl letoru, jakou mívají géniové – směsice nedůtklivosti, přecitlivělosti a nadšení. Tyto vlastnosti se u něho pojily s vřelou, opravdovou upřímností, jakou jsem v životě u nikoho nepoznal.

Všiml jsem si, že navštívenka s jeho jménem visí na dveřích *tří* kajut, a když jsem si znovu prohlédl seznam, zjistil jsem, že si rezervoval cestu pro sebe, svou ženu a dvě své sestry. Kajuty byly celkem prostorné a v každé byla dvě lůžka, jedno nad druhým. Ta byla sice úzká, víc než jedna osoba se na lůžko nevešla, přesto jsem ale nechápal, proč přítel objednal tři kabiny pro čtyři lidi. Byl jsem tehdy v takovém vrtkavém rozpoložení mysli, v jakém se člověk přehnaně zajímá o kdejakou hloupost; s pocitem studu doznávám, že mi ta nadpočetná kajuta vrtala hlavou a pouštěl jsem se do všelijakých nepřístojných a ne zrovna slušných dohadů. Nic mi po tom samozřejmě nebylo, přesto jsem se s umíněností sobě vlastní pokoušel záhadu rozluštit. Posléze jsem došel k závěru, který mne udivil svou jednoduchostí. „Ta kajuta je přece pro služebnou," řekl jsem si. „Jsem to ale hlupák, že jsem na něco tak očividného nepřišel dřív!" Pak jsem se znovu vrátil k seznamu – z něhož jsem však jasně vyčetl, že se společností žádná služebná cestovat nebude, třebaže původně si ji vskutku chtěli vzít s sebou – neboť slova „a služebná" tam byla nejprve napsána a potom přeškrtnuta. „Inu – nejspíš nějaké speciální zavazadlo," usoudil jsem nyní, „věc, kterou nechce převážet s ostatním nákladem v podpalubí – kterou chce mít pořád na očích a – už to mám – je to nějaký obraz – a to obraz, o kterém se dohadoval s tím italským Židem Nicolinem." Tenhle závěr mne upokojil a na čas jsem svou zvědavost zaplašil.

Obě Wyattovy sestry jsem velmi dobře znal – byly to milé a chytré dívky. S jeho manželkou jsem se dosud nesetkal, Wyatt se oženil teprve před nedávnem. Často však o ní přede mnou nadšeně, jak už měl v povaze, hovořil. Líčil ji jako ženu nevšedně krásnou, duchaplnou, zkrátka dokonalou. Byl jsem proto velmi dychtivý tu dámu poznat.

Toho dne, kdy jsem vstoupil na loď (čtrnáctého), měl se na ni dostavit – jak mi sdělil kapitán – i Wyatt se svou společností, a já jsem tedy setrval na palubě o hodinu déle, než jsem zamýšlel, v naději, že budu mladé paní představen. Dočkal jsem se však jenom omluvy. „Paní Wyattová se dnes necítí zvlášť dobře a raději přijde na loď až zítra, krátce před vyplutím."

Nazítří, když už jsem byl na cestě z hotelu k přístavišti, potkal jsem kapitána Hardyho a ten mi oznámil, že „vzhledem k jistým nepředvídaným okolnostem" (pitomá, ale pohodlná fráze) nemůže Independence, jak prý se domnívá, ještě den nebo dva vyplout a prý mi vzkáže, jakmile bude všecko náležitě připraveno. Bylo mi to divné, foukal totiž ostrý jižní větřík; protože si však ty „okolnosti" nechával pro sebe, i když jsem je z něho všemožně páčil, nezbývalo mi než se vrátit domů a nějak se vyrovnat se svou netrpělivostí.

Očekávaný vzkaz od kapitána dal na sebe čekat téměř týden. Jakmile však přišel, okamžitě jsem se odebral na loď. Na palubě bylo živo a rušno – jak už bývá, než loď rozvine plachty. Wyattovi dorazili asi deset minut po mém příchodu: dvě sestry, manželka a umělec, který měl tentokrát zase jeden ze svých návalů nedůtklivosti. Byl jsem však na takové nálady příliš zvyklý, aby mi doopravdy vadily. Své ženě mě ani nepředstavil – přenechal tuto zdvořilost chtě nechtě své sestře Marianě, líbezné a inteligentní dívce, která nás několika stručnými slovy seznámila.

Paní Wyattová měla přes obličej hustý závoj, a když jej odhrnula, aby opětovala mou úklonu, byl jsem, přiznám, nejvýš ohromen. Byl bych však nepochybně užasl ještě víc, kdybych byl předtím slepě uvěřil nadšeným chválám, které můj přítel umělec pěl na půvaby té ženy. Dlouholetá zkušenost mne poučila o tom, jak snadno se dá tento muž unést čistě ideálními představami, jakmile začne hovořit na téma krásy.

Buď jak buď, musím říci, že paní Wyattová byla rozhodně nehezká žena. Nebyla snad vysloveně šeredná, ale daleko k tomu myslím neměla. Byla však s vybraným vkusem oblečena – a také jsem nepochyboval o tom, že upoutala mého přítele trvalejšími půvaby intelektu a povahy. Prohodila jen několik slov a ihned s panem Wyattem odešla do své kajuty.

Znovu mne posedla dřívější zvědavost. Služebnou tedy neměli, to bylo nesporné. Rozhlížel jsem se proto po speciálním zavazadle. Ještě chvíli jsme s odjezdem otáleli a pak se na přístavní hrázi objevil povoz s podlouhlou bednou z borového dřeva: na nic jiného se zřejmě nečekalo. Po jejím naložení jsme ihned vyrazili. Brzy jsme nechali za sebou pobřežní mělčiny a vypluli na širé moře.

Ta bedna, jak jsem se zmínil, byla podlouhlá. Měřila asi šest stop nadél a dvě a půl stopy našíř – sledoval jsem ji pozorně a nerad se mýlím. Její tvar mi připadal nápadný, a sotva jsem ji spatřil, byl jsem přesvědčen o správnosti svého dohadu. Dospěl jsem, vzpomínáte-li, k závěru, že můj přítel, který byl výtvarným znalcem, si ve zvláštním zavazadle poveze bezpochyby nějaké obrazy nebo aspoň obraz; věděl jsem totiž, že už několik týdnů vyjednává s Nicolinem. A teď tu byla bedna tak vyhraněného tvaru, že nemohla obsahovat podle mých dohadů nic jiného než kopii Leonardovy *Poslední večeře*, vytvořenou florentským malířem Rubinim mladším, kopii, o níž jsem navíc věděl, že je majetkem Nicolinovým. Pokládal jsem tudíž svou domněnku za nepochybnou jistotu a spokojeně jsem se pochechtával při pomyšlení, jak jsem důvtipný. Bylo to poprvé, kdy přede mnou Wyatt, pokud jsem věděl, utajil nějaký počin ve svém výtvarném oboru, ale tentokrát mě chtěl zřejmě přelstít a propašovat mi přímo pod nosem vzácný obraz do New Yorku. Spoléhal na to, že o tom nemám nejmenší tušení. Umínil jsem si, že ho proto jaksepatří pozlobím.

Jedna věc mě však nemálo rozladila. Bednu nedopravili do třetí nadbytečné kajuty. Složili ji k Wyattovi; a tam také zůstala, třebaže zabírala v místnosti téměř celou podlahu a nepochybně umělci a jeho ženě velmi překážela. Muselo jim to být nepříjemné i proto, že barva či dehet, kterého bylo použito k nápisu na víku, vydával silný, protivný a mému nosu odporný zápach. Velká roztažená písmena oznamovala: PANÍ ADELAIDE CURTISOVÁ, ALBANY, NEW YORK, ZAVAZADLO P. KORNELA WYATTA. NEKLOPIT! PŘEPRAVUJTE OPATRNĚ!

Nu, bylo mi sice známo, že paní Adelaide Curtisová je umělcovou tchyní, ale viděl jsem v celém tom nápisu mystifikaci, vymyšlenou výhradně pro mne. Samozřejmě jsem nepochyboval o tom, že se bedna a její obsah nedostane nikdy dále na sever, než je ateliér mého nerudného přítele v Chambersově ulici v New Yorku.

První tři dny jsme měli pěkné počasí, třebaže jsme pluli přímo proti větru – jakmile jsme ztratili z dohledu pobřeží, vítr se obrátil a dul teď od severu. Cestující byli pochopitelně ve výborné náladě a náchylni k družnosti. To ovšem nemohu tvrdit o Wyattovi a jeho sestrách – ti se chovali vůči ostatní společnosti upjatě a – musím říci – nezdvořile. Wyattovo chování mi ani tolik nevadilo. Byl sice zasmušilejší než jindy – byl doopravdy nevrlý –, ale u něho jsem byl na všelijaké vrtochy připraven. Pro sestry jsem ovšem nenacházel omluvu. Valnou část plavby vůbec nevycházely ze své kajuty, a třebaže jsem je několikrát naléhavě prosil, rozhodně odmítaly stýkat se s kýmkoliv na palubě.

Paní Wyattová byla mnohem družnější. Byla totiž *hovorná* a tato vlastnost je na moři náramně vítána. Téměř se všemi dámami se velmi důvěrně sblížila a k mému nemalému údivu jevila naprosto jednoznačný sklon koketovat s pány. Všechny nás skvěle bavila. Říkám „bavila“, ale jsem na rozpacích, jak toto označení ozřejmit. Po pravdě řečeno, brzy jsem si všiml, že se lidé mnohem víc smějí paní Wyattové než s paní Wyattovou. Pánové o ní mluvili zdrženlivě, ale dámy o ní zanedlouho prohlašovaly, že je to „takové dobrosrdečné stvoření, zjev dosti nezajímavý, naprosto nevzdělaná a rozhodně vulgární“. Nikdo nechápal, jak se dal Wyatt do takového sňatku vlákat. Všeobecně se soudilo, že se oženil pro peníze, já jsem však věděl, že tento výklad je naprosto nesmyslný. Wyatt mi totiž řekl, že mu věnem nepřinesla ani dolar a na příjem z jiných zdrojů nemá nejmenší vyhlídky. „Vzal jsem si ji z lásky,“ řekl mi, „jen a jen z lásky, a ona je víc než hodna mé lásky.“ Když jsem si připomněl tato jeho slova, za mák jsem tomu nerozuměl. Je možné, že se pomátl? Co jiného si mám o něm myslet? Člověk tak zjemnělý, tak vzdělaný, tak vybíravý, člověk, který tak pronikavě odhaloval každou nedokonalost a tak nadšeně oceňoval krásu! Připouštím, že *jeho* měla ta dáma podle všeho velice ráda – zvlášť v jeho nepřítomnosti to dávala najevo: byla až směšná, jak neustále opakovala všechno, co její „milovaný manžel pan Wyatt“ pronesl. Slovíčko „manžel“ měla věčně – abych se vyjádřil jejím delikátním obratem – „na špičce jazyka“. Přitom ovšem nikomu na lodi neuniklo, že manžel se jí nepokrytě vyhýbá, že se zavírá sám ve své kajutě, kde vlastně tráví veškerý čas, a ponechává své ženě naprostou volnost bavit se, jak umí, se všemi hosty lodního salonu.

Z toho, co jsem viděl a slyšel, jsem nakonec usoudil, že umělce cosi – ať už to byl nevysvětlitelný rozmar osudu, nebo snad záchvat nezkrotné, podivínské vášně – vehnalo do svazku s tvorem zcela pod jeho úrovní a že se teď dostavila přirozená reakce: náhlý a naprostý odpor. Z hloubi duše jsem ho litoval, avšak nemohl jsem mu přesto tak docela odpustit, že byl tak nesdílný v případě obrazu *Poslední večeře*. To jsem mu nechtěl zůstat dlužen.

Jednoho dne si vyšel na palubu a já, jak už jsem měl ve zvyku, jsem ho uchopil pod paží a přiměl ho k malé procházce. Avšak jeho sklíčenost (za daných poměrů mi nepřipadala tak nepřirozená) se zřejmě nedala ničím zaplašit. Mluvil málo, a to mrzutě a se zjevným přemáháním. Když jsem se pokusil zavtipkovat, ústa se mu zkřivila nepodařeným úsměvem. Chudák Wyatt! Při pomyšlení na jeho ženu jsem se podivil, že vůbec sebere odvahu budit i zdání veselosti. Konečně jsem se odhodlal tnout do živého. Usmyslil jsem si, že začnu zastřenými náznaky či narážkami na podlouhlou bednu – prostě mu dám nenápadně na srozuměnou, že jsem tak docela nenaletěl, že jsem se nestal obětí jeho žertovné mystifikace. Má první poznámka měla zapůsobit jako palba skryté baterie. Prohodil jsem cosi o „podivném tvaru té bedny“ – přitom jsem se významně usmál, mrkl a mírně ho ukazovákem dloubl do žeber.

Můj neškodný šprým měl na Wyatta takový účinek, že jsem byl v tu ránu přesvědčen, že zešílel. Zprvu na mne zíral, jako by nebyl s to pochopit škádlivý smysl mé poznámky; když se ale zdálo, že jeho mozkové závity začínají vnímat, oč jde, jeho oči jako by mu právě tak znenáhla začaly vylézat z důlků. Potom silně zrudl – pak zas příšerně zbledl – a pak, jako by ho náramně pobavilo, co jsem naznačil, propukl v ryčný, nevázaný smích, který k mému ohromení dobrých deset minut neutuchal, ba naopak ještě sílil a mohutněl. Nakonec se Wyatt zhroutil a těžce dopadl na palubu. Když jsem přiskočil, abych ho zvedl, byl podle všech příznaků mrtev.

Přivolal jsem pomoc a jen s velkou námahou jsme ho přivedli k sobě. Když se probral, mluvil chvíli naprosto nesouvisle. Později jsme mu pustili žilou a uložili ho na lůžko. Druhý den ráno mu už bylo docela dobře, aspoň pokud šlo o jeho tělesný stav. Jeho duševní zdraví bylo samozřejmě na pováženou. Kapitán mi doporučil, abych se mu do konce naší plavby raději vyhýbal – zřejmě sdílel můj názor na Wyattovo šílenství, ale radil, abych se o tom nikomu na lodi nezmiňoval.

Krátce po tomto Wyattově záchvatu se událo několik příhod, které ještě vystupňovaly zvědavost, jíž už jsem byl tak dost posedlý. Vylíčím jednu z nich. Byl jsem nervózní a uklidňoval jsem se přemírou silného zeleného čaje; v noci jsem pak špatně spal – dvě noci jsem vlastně ani kloudně nezamhouřil oko. Dveře mé kajuty – ostatně dveře všech jednolůžkových kajut – vedly do salonu či do jídelny. Wyattovy tři místnosti byly v zadním prostoru, který byl od salonu předělen posunovacími dveřmi, které ani na noc nikdo nezamykal. Poněvadž jsme téměř ustavičně pluli proti větru – a ten foukal dosti zostra – loď se často velmi silně nakláněla k závětrné straně; a kdykoli se vychýlila vpravo, posunovací dveře se otevřely a zůstaly v této poloze, neboť se nikdo neobtěžoval vstát a zavřít je. Když byly v tu dobu otevřeny i dveře mé kajuty (a byly otevřeny stále, protože bylo vedro), mohl jsem ze svého lůžka vidět docela zřetelně do zadního kabinového prostoru, a to právě na dveře kajut pana Wyatta. Nuže, za oněch dvou nocí, kdy jsem byl vzhůru (nebyly to noci po sobě následující), jsem jasně viděl paní Wyattovou, jak pokaždé kolem jedenácté hodiny opatrně opouští Wyattovu kajutu a zapadá do té třetí. Tam zůstala až do svítání a vrátila se k manželovi teprve na jeho výzvu. Ti dva žili v podstatě odloučeně, to bylo nesporné. Pomýšleli patrně na trvalý rozchod – *proto* ty oddělené kabiny! A tak jsem si konečně vysvětlil i záhadu nadbytečné kajuty.

Byla tu ještě jedna okolnost, která mne silně zaujala. V oněch dvou bezesných nocích jsem z Wyattovy místnosti – sotvaže jeho žena zmizela za dveřmi prázdné kajuty – zaslechl jakési podezřelé, opatrné, tlumené ťukání. Chvíli jsem soustředěně naslouchal a pak mi svitlo – vyložil jsem si jednoznačně původ těch zvuků: Wyatt páčil dlátem a kladívkem podlouhlou bednu! Kladívko patrně obalil do nějaké měkké, vlněné nebo bavlněné látky a tak údery tlumil a otupoval.

Měl jsem dojem, že přesně rozeznávám, kdy odklopuje víko, a že bych byl mohl určit, kdy je sňal úplně a kdy je položil na dolní lůžko. To jsem například poznal podle několikerého příznačného klepnutí, jak víko zavadilo o dřevěné hrany lodního lůžka, kam se je snažil obezřetně složit – na podlaze totiž neměl dost místa. Pak nastalo mrtvé ticho a téměř do svítání jsem ani za první, ani za druhé noci už nic nezaslechl – ledaže by stálo za zmínku jakési tichounké sténání či vzdychání, tak zdušené, že bylo sotva slyšitelné. Je ovšem možné, že tento zvuk byl pouhým výplodem mé fantazie, chci říci, že mi to *připadalo* jako sténání či vzlykání, ale ve skutečnosti to nic takového nebylo. Spíš myslím, že mi jen tak hučelo v uších. Pan Wyatt bezpochyby popouštěl jen uzdu svému oblíbenému koníčku a rozplýval se zase jednou v uměleckém zanícení. Otevřel podlouhlou bednu, aby popásl oči na výtvarném pokladu, který v ní skrýval. Při tomto počínání neměl však důvod sténat. A proto opakuji, že to byl jen rozmar mé obraznosti, rozjitřené dobrým zeleným čajem kapitána Hardyho.

Krátce před rozedněním po obě zmíněné noci jsem slyšel, jak pan Wyatt pokládá víko zpátky na bednu a obaleným kladívkem zatlouká hřebíčky do jejich původních otvorů. Jakmile s tím skončil, vyšel úplně oblečený ze své kajuty a přistoupil k sousedním dveřím, aby přivolal paní Wyattovou.

Byli jsme sedm dní na moři a právě jsme obeplouvali mys Hatteras, když se od jihozápadu přihnal nesmírně silný vichr. Do jisté míry jsme na takový nápor byli připraveni, neboť počasí už delší čas hrozilo zvraty. Pod palubou i nad palubou bylo všechno v pohotovosti, a když se vítr trvale vzmáhal, nastavili jsme vratiplachtu a přední nadkošovou, obě nadvakrát skasané.

Takto opatřeni pluli jsme celkem bezpečně dalších osmačtyřicet hodin – loď se v mnoha ohledech osvědčila jako skvělé námořní plavidlo a skoro vůbec nenabírala vodu. Avšak po dvou dnech se vítr změnil v uragán, nadobro rozcupoval zadní plachtu a vrhl nás do brázdy mezi vlnami, takže se přes nás v rychlém sledu převalilo několik mohutných přívalů. Tato nehoda nás stála tři muže, kteří byli smeteni i s kuchyňskou kabinou a brlením předního levoboku do moře. Sotva jsme se trochu vzpamatovali, rozervala se na cáry přední nadkošová plachta. Vytáhli jsme tedy, jak se za bouře dělává, plachtu stěhovou a s tou jsme pak několik hodin docela vyrovnaně zdolávali nápor vichřice.

Ta však běsnila dál a nebylo vyhlídky, že by se chtěla utišit. Ukázalo se, že stěžňové zápory nejsou dost odolné proti silnému tlaku, kterému byly vystaveny, a třetího dne asi v pět hodin odpoledne se náš křížový stožár po náhlém prudkém výkyvu lodi zhroutil na palubu. Asi hodinu jsme se ho snažili zbavit – loď se příliš kymácela – a než se nám to podařilo, přišel na záď lodní tesař oznámit, že v dolním prostoru je na čtyři stopy vody. K dovršení svízelného postavení jsme zjistili, že pumpy jsou ucpány a téměř k nepotřebě.

Nastal všeobecný zmatek, lidé propadali zoufalství. Pokusili jsme se ulehčit lodi aspoň tím, že jsme přes palubu vyhazovali veškerý náklad, k němuž jsme pronikli, a porazili jsme zbývající dva stožáry. Avšak pumpy jsme spravit nedokázali a trhlina se stále zvětšovala a vody vůčihledně přibývalo.

Při západu slunce vichr citelně ochabl, a protože se zmírnilo vlnobití, nevzdávali jsme se zcela naděje, že se zachráníme v člunech. V osm hodin večer se mraky v návětří protrhly a pousmálo se na nás štěstí v podobě úplňku, který nám svým světlem pomohl zvednout skleslou náladu.

Po neuvěřitelné námaze se posléze podařilo spustit celkem bez nehody velký záchranný člun a vtěsnat do něho všechny členy posádky s většinou cestujících. Tato skupina ihned odrazila a po značných útrapách se jí třetího dne po ztroskotání lodi podařilo bezpečně přistát v zátoce Ocracoke.

Čtrnáct pasažérů spolu s kapitánem zůstalo na palubě, odhodláno svěřit svůj osud malému člunu na zádi. Vysadili jsme jej bez nesnází, třebaže při dopadu na hladinu se jen zázrakem do něho nenahrnula voda. Nalodil se do něho kapitán a jeho žena, pan Wyatt se svou společností, jeden mexický důstojník se ženou a čtyřmi dětmi a konečně já a můj černošský sluha.

Mohli jsme vzít s sebou jenom naprosto nezbytnou výstroj, nějaké potraviny a z šatstva jen tolik, co jsme navlékli na sebe – pro nic jiného na člunu nebylo místo. Nikoho ani nenapadlo zachraňovat něco dalšího. Proto nás všechny pochopitelně ohromilo, když pan

Wyatt, sotva jsme urazili několik sáhů od lodi, vystoupil na zadní sedátko člunu a klidně žádal kapitána Hardyho, abychom se vrátili a naložili – nastojte – podlouhlou bednu!

„Posaďte se, pane Wyatte," odvětil kapitán dosti stroze, „jestli nebudete pokojně sedět, převrhnete člun. Voda sahá k samému okraji."

„Bednu!" křičel pan Wyatt a zůstával stát – „bednu, povídám! Kapitáne Hardy, to mi nemůžete, to mi nesmíte odepřít! Nepřitíží vám – vždyť skoro nic neváží – vůbec nic. Při vaší rodné matce – pro lásku nebeskou – při vaší víře v naši záchranu vás zapřísahám: vraťte se pro tu bednu!"

Chvilku se zdálo, že se kapitán dává zviklat umělcovými úpěnlivými prosbami, pak se ale ovládl a opět klidně a stroze řekl:

„Jste šílený, pane Wyatte! Nemohu se s vámi zdržovat. Posaďte se, povídám, nebo převrhnete člun! Počkat – zadržte ho – chyťte ho – chce vyskočit! Já to věděl – už je ve vodě!"

Při těchto kapitánových slovech pan Wyatt opravdu vyskočil z člunu, a protože jsme byli dosud v závětří vraku, podařilo se mu – byl to téměř nadlidský výkon – zachytit se kotevního lana, které viselo z přídi. V mžiku se vyšvihl na palubu a pádil zběsile do kajuty.

Mezitím nás vlnobití zaneslo k zádi lodi, zcela mimo závětří, takže jsme byli opět vydáni na pospas ohromným vlnám, jež se nepřestávaly vzdouvat. Všemožně jsme se snažili přirazit blíž k lodi, avšak naše bárka byla jako peříčko unášené dechem uragánu. Na první pohled nám bylo jasné, že osud nešťastného umělce je zpečetěn.

Jak jsme se od vraku rychle vzdalovali, zahlédli jsme ještě šílence (jinak ho nazývat nelze), jak se vynořuje na schůdkách a na bedrech vleče podlouhlou bednu. Jeho síla se nám v té chvíli zdála gigantická. Pak jsme sledovali s němým úžasem, jak několikrát chvatně omotává třícoulové lano nejprve kolem bedny, pak kolem svého těla. A vzápětí jsme viděli, jak tělo i bedna padají do moře a v něm okamžitě a navždycky mizí.

Chvíli jsme truchlivě otáleli u vesel, oči strnule upřené na osudné místo. Konečně jsme vypluli dál. Rozhostilo se ticho, které hodinu nikdo nepřerušil. Pak jsem si troufl nadhodit otázku:

„Všiml jste si, kapitáne, jak rychle se potopil? To je opravdu zarážející, nemyslíte? Když jsem ho viděl, jak se připoutává k bedně a vrhá se s ní do moře, přece jen jsem, přiznávám, zadoufal, že se zachrání."

„Ovšemže se potopili," odpověděl kapitán, „museli jít ke dnu jako olovo. Ale brzy se zas vyplaví – ne ovšem dřív, *než se rozpustí sůl.*"

„Sůl!" vykřikl jsem.

„Tiše!" řekl kapitán a ukázal na ženu a sestry utonulého. „Pohovoříme si o tom při nějaké vhodnější příležitosti."

Zakusili jsme mnohé a vyvázli jsme jen o vlásek, ale štěstí se nad námi i nad našimi druhy ve velkém záchranném člunu smilovalo. Po čtyřech dnech těžkých útrap jsme víc mrtví než živí přistáli na nízkém pobřeží poblíž ostrova Roanoke. Tam jsme týden zůstali (dobrodruzi, kteří těží z opuštěných vraků, na nás příliš nedotírali), a pak jsme mohli pokračovat v cestě do New Yorku.

Asi měsíc po ztroskotání Independence jsem se na Broadwayi potkal náhodou s kapitánem Hardym. Náš hovor se samozřejmě stočil na neštěstí a zvláště na smutný osud chudáka Wyatta. Tak jsem se dověděl následující podrobnosti:

Přítel si zamluvil plavbu pro sebe, manželku, své dvě sestry a služebnou. Jeho manželka byla opravdu – jak se o ní mluvilo – neobyčejně půvabná a kultivovaná žena. Ráno čtrnáctého června (v den, kdy jsem poprvé zašel na loď) dáma znenadání onemocněla a zemřela. Mladý manžel šílel žalem – nemohl však z naprosto nevyhnutelných důvodů odložit cestu do New Yorku. Bylo nezbytné dopravit mrtvé tělo milované ženy k její matce, avšak obecně rozšířený předsudek mu bránil provést to veřejně. Devět desetin cestujících by raději opustilo loď, než by se zúčastnilo plavby s mrtvolou na palubě.

Kapitán Hardy vyřešil toto dilema tak, že nechal tělo nejprve částečně nabalzamovat, pak uložit s velkým množstvím soli do bedny přiměřených rozměrů a tu potom jako zboží přepravit na palubu. O smrti paní Wyattové se mělo pomlčet, a protože vešlo ve známost, že pan Wyatt zamluvil kajutu na lodi i pro svou ženu, bylo nutné, aby paní Wyattovou někdo po dobu plavby představoval. K této roli celkem snadno přemluvili služebnou zesnulé paní. Třetí kajutu, zamluvenou pro toto děvče ještě za života choti, teď prostě neodřekli. Spala v ní každou noc nepravá paní Wyattová. Ve dne pak zosobňovala – podle svých nejlepších schopností – svou paní, kterou, jak bylo předem pečlivě zjištěno, nikdo z cestujících neznal.

Svůj omyl – nikterak nepřirozený – přičítám své příliš lehkomyslné, příliš zvídavé a příliš živelné povaze. Ale poslední dobou spím v noci jen zřídkakdy klidně. Zjevuje se mi jistá tvář – nemohu ji zaplašit. A slýchám hysterický smích, který mi bude znít v uších, co budu živ.

# PŘEDČASNÝ POHŘEB

Jsou jisté náměty, jejichž poutavost je strhující, a přece jsou příliš hrůzné pro beletristické zpracování. Takovým tématům by se měl romantický autor zdaleka vyhnout, nechce-li své čtenáře popudit nebo odpudit. Bez pohoršení se jich můžeme zmocnit jen tehdy, posvětí-li je a ospravedlní krutá vznešenost pravdy. Chvějeme se například „slastnou mukou" při četbě o Napoleonově přechodu Bereziny, o zemětřesení v Lisabonu, o londýnském moru, řeži noci bartolomějské nebo o udušení sto dvaceti tří vězňů v Černé jámě kalkatské. Avšak co nás na tomto líčení vzrušuje, je pravda – skutečnost – historie. Kdyby si to všechno někdo vymyslel, přijímali bychom to jen s ošklivostí.

Jmenoval jsem jen několik významnějších dějinných kalamit, ale v těchto případech působí na naši obraznost právě tak živě jejich rozsah, jako jejich povaha. Nemusím čtenáři připomínat, že z dlouhých a truchlivých výčtů lidských běd bych mohl vybrat četné osudy jednotlivců naplněné hlubším utrpením, než je kterákoliv z těch obecných hromadných pohrom. Skutečná ubohost, vpravdě ta nejmeznější strast, je individuální, ne mnohostná. Za to, že nezměrnou úděsnost agonie zakouší člověk jako jedinec a nikdy člověk jako masa – za to děkujeme milosrdnému Bohu!

Být pohřben zaživa patří nesporně k těm nejstrašlivějším mukám, jaká mohou být údělem ubohých smrtelníků. Že se to děje často, velmi často, může sotva popřít člověk uvažující. Rozhraní mezi životem a smrtí bývá neznatelné, matné. Kdo se odváží říci, kde život končí a kde začíná bezživotí? Víme, že jsou choroby, při nichž se všechny funkce živého organismu zastaví, a přece se nezastaví nadobro, nýbrž se jen na čas přeruší. Jsou to jen dočasné pauzy v chodu toho nepochopitelného mechanismu. Po určité době jakýsi neviditelný princip opět rozhýbe magické čepy a zakleté soukolí. „Provaz stříbrný" se tedy nepřetrhl navždy a „číše zlatá" nerozrazila se nenapravitelně. Ale kde dlela zatím duše?

Nezávisle na nevyhnutelném apriorním závěru, že jisté příčiny mají své zákonité následky – totiž že takové obecně známé případy dočasného zastavení životních funkcí vedou nutně tu a tam k předčasnému pohřbení – tedy nezávisle na této úvaze svědčí důkazy lékařské a zkušenost běžné praxe prokazatelně o tom, že bezpočet lidí bývá opravdu předčasně pohřbeno. Mohl bych, kdyby bylo třeba, uvést dlouhou řadu spolehlivě ověřených případů. K takové pozoruhodné události, jejíž okolnosti budou snad ještě v živé paměti některých čtenářů, došlo před nedávnem v sousedním Baltimoru, kde vyvolala silné pohnutí a značný rozruch. Manželku jednoho z nejváženějších občanů – skvělého advokáta a člena Kongresu – postihla náhlá a nevysvětlitelná choroba, proti níž veškerý um lékařský nic nezmohl. Po velkých útrapách žena umřela, totiž domněle umřela. Nikdo věru netušil a ani neměl důvod tušit, že není doopravdy mrtva. Jevila všechny obvyklé známky smrti. Rysy v obličeji se jí stáhly a propadly. Rty jí mramorově zesinaly. Oči ztratily lesk. Její tělo vychladlo. Tep ustal. Tři dny ji nechali nepohřbenou a za tu dobu ztuhla jako kámen. Pohřeb byl zkrátka uspíšen, protože se domnívali, že rozklad znatelně pokročil.

Dáma byla uložena v rodinné hrobce, která pak další tři roky zůstala nedotčena. Po uplynutí této doby ji otevřeli, aby do ní zabudovali sarkofág – jaký úděsný otřes však čekal manžela, který sám kryptu otevíral! Když se křídla brány rozestoupila, jakýsi bíle oděný přízrak se mu s chřestotem zhroutil do náruče. Byla to kostra ženy v dosud nezetlelém rubáši.

Pečlivým rozborem se dospělo k závěru, že krátce po pohřbu, snad do dvou dnů, mrtvá ožila a tak mocně se v rakvi zmítala, že rakev sklouzla ze svého podstavce na podlahu a rozbila se, takže se z ní pohřbená mohla vymanit. Lampa plná oleje, kterou v hrobce náhodou zapomněli, byla nalezena prázdná – olej se ovšem mohl také vypařit. Na nejhořejším stupni schodiště, jež vedlo do oné děsuplné krypty, ležela velká štěpina z rakve – tou oživlá nejspíš bušila do železné brány v zoufalé snaze upoutat něčí pozornost. Při tomto počínání patrně čirou hrůzou omdlela nebo podruhé skonala a při pádu se jí rubáš zapletl do železného kování, jež vyčnívalo dovnitř. Tak tam spočinula a takto vzpřímená zetlela.

V roce 1810 se ve Francii udál případ předčasného pohřbení za okolností, které nad jiné jasně opodstatňují tvrzení, že pravda je fantastičtější než smyšlenka. Hrdinkou příběhu je jistá mademoiselle Victorine Lafourcadová, velice půvabná dívenka z proslulé a zámožné rodiny. Mezi jejími četnými nápadníky byl i Julien Bossuet, chudý literát či žurnalista z Paříže. Svým nadáním i milou povahou si získal náklonnost dědičky, která ho podle všeho upřímně milovala; avšak její rodová pýcha ji nakonec přece jen přiměla, aby ho odmítla, a vzala si bankéře a úspěšného diplomata, pana Renella. Po svatbě ji však monsieur nejen zanedbával, ale snad se k ní choval i vysloveně krutě. Strávila s ním několik truchlivých let a pak umřela – nebo aspoň upadla do stavu tak podobnému smrti, že o jejím skonu nikdo, kdo ji spatřil, nepochyboval. Pohřbili ji nikoliv do hrobky, ale do obyčejného hrobu v její rodné vsi. Její milenec, naplněn zoufalstvím a dosud rozohněn vzpomínkou na svou lásku, vydá se z hlavního města do vzdálené provincie, kde leží vesnice – má romantický záměr zmocnit se nádherných kadeří své někdejší milé. Přichází ke hrobu. O půlnoci vyhrabe rakev, otvírá ji a už se chystá ustřihnout pramen vlasů, když spatří, že jeho milovaná otevírá oči. Ano, pochovali ji zaživa. Ale život z ní dosud zcela nevyprchal a její milenec ji něžnými doteky probouzí z letargického spánku, který byl mylně považován za smrt. Pološílený odnáší ji do najatého příbytku ve vsi. Uplatňuje své nemalé lékařské znalosti a pomocí účinných regeneračních prostředků milou definitivně křísí. Procitlá poznala svého zachránce a zůstala u něho, dokud se plně nezotavila. Její ženské srdce nebylo neoblomitelné a tento poslední důkaz lásky je dokázal nadobro obměkčit. Dala se cele Bossuetovi. K manželovi se už nevrátila, zatajila před ním své vzkříšení a prchla s milencem do Ameriky. Po dvaceti letech se oba vrátili do Francie – pevně věřili, že její podoba se časem natolik změnila, že ji přátelé nepoznají. Avšak zmýlili se – monsieur Renelle ji při prvním setkání poznal a činil si na ni jako na svou ženu nárok. Ona se však postavila na odpor a soudní tribunál jí dal za pravdu – rozhodl, že na základě mimořádných okolností i dlouhého rozmezí let zaniká nejen mravně, ale i zákonně jeho právo jakožto manžela.

Lipský *Chirurgický věstník* – kdyby chtěl tento vlivný a záslužný časopis vydávat v překladu některý americký nakladatel, jistě by nepochybil – otiskl v posledním čísle velice skličující příběh podobného ražení.

Jistý dělostřelecký důstojník, muž mohutné postavy a skálopevného zdraví, spadl ze splašeného koně a utrpěl těžkou pohmožděninu na hlavě. Ihned ztratil vědomí, ale přestože měl naštípnutou lebeční kost, bezprostřední nebezpečí mu nehrozilo. Provedli na něm se zdarem trepanaci, pustili mu žilou a uplatnili další běžné léčebné postupy. Avšak muž upadal postupně do stále beznadějnějšího strnulého stavu, až nakonec, jak se všichni domnívali, zemřel.

Počasí bylo teplé a byl proto až s nepřiměřeným chvatem pohřben na jednom místním hřbitově. Pohřeb se konal ve čtvrtek. Příští neděli zaplnily hřbitovní prostory zástupy lidí. Kolem poledne nastal mezi nimi veliký rozruch; jakýsi venkovan prohlásil, že když seděl u důstojníkova hrobu, ucítil zcela zřetelně, jak se pod ním pohnula země, jako by se tam dole někdo zmítal. Zprvu jeho tvrzení příliš nevěřili, ale pak na ně mužova nelíčená hrůza i umíněnost, s jakou stál na svém, přece jen zapůsobila. Rychle přinesli rýče a v několika minutách vyhloubili hrob (hanebně mělký) do té míry, že se z něho vynořila hlava pohřbeného. Na první pohled se zdál mrtvý, ale seděl téměř vzpřímený v rakvi, jejíž víko zběsilým náporem částečně odklopil.

Ihned byl převezen do nejbližší nemocnice, kde zjistili, že dosud žije, třebaže je ochromen asfyxií. Po několika hodinách se probral, rozeznal jednotlivé známé a přerývaně vyprávěl o svých mukách v hrobě.

Z jeho líčení vyšlo najevo, že ještě aspoň hodinu po svém pohřbení si byl vědom, že žije, a teprve pak upadl do mdlob. Hrob byl ledabyle a nalehko zasypán velice porézní hlínou, takže dovnitř přece jen pronikal vzduch.

Muž nad sebou zaslechl kroky chodců a snažil se je na sebe upozornit. Z hlubokého spánku ho zřejmě vyburcoval ruch na hřbitově, jakmile se však probudil, plně si uvědomil úděsnost svého postavení.

Tomuto pacientovi, jak jsme se dověděli, se pak dařilo celkem dobře a byl prý na nejlepší cestě k úplnému uzdravení, nakonec se však stal obětí šarlatánského lékařského pokusu. Když mu do těla zavedli galvanický proud, podlehl náhle extatickému záchvatu, který bývá průvodním jevem této léčebné metody.

Zmínka o galvanickém proudu mi připomíná proslulý a velmi neobvyklý případ, kdy pomocí galvanické baterie byl vzkříšen z mrtvých mladý londýnský advokát, který byl už dva dny pochován. To se stalo v roce 1831 a událost, ať přišla kdekoli na přetřes, vyvolávala tenkrát hluboké vzrušení.

Pacient, pan Edward Stapleton, zdánlivě zemřel na tyfus provázený některými netypickými příznaky. Tyto příznaky vzbudily značnou zvědavost u ošetřujících lékařů, kteří požádali přátele údajně zesnulého, aby jim dovolili jeho posmrtné vyšetření. Ti však odmítli. Lékaři se tedy rozhodli, jak se v takových případech děje často, tělo exhumovat a v soukromí je nerušeně podrobit pitvě. Snadno se dohodli s jednou z četných tlup, které se zabývají unášením mrtvol k podobným účelům a jichž je v Londýně plno, a třetí noci po pohřbu byla domnělá mrtvola vykopána z velice hlubokého hrobu a složena v operačním sále jedné soukromé nemocnice.

Lékaři zahájili pitvu větším řezem v krajině břišní, pak jim ale svěží vzezření mrtvoly bez jediné známky rozkladu vnuklo nápad použít baterie. Provedli řadu pokusů, jejichž účinek se v žádném ohledu nelišil od běžných reakcí – až na to, že tělo v křečovitých stazích projevilo tu a tam mimořádný stupeň životnosti.

Připozdívalo se. Nebylo daleko do svítání a lékaři usoudili, že je načase pokračovat v pitvě. Jistý medik si však zvlášť dychtivě přál ověřit vlastní teorii a mermomocí chtěl zavést proud do jednoho z hrudních svalů. Nařízl tedy kůži a do rány vložil konec drátu. A tu pacient rychle, ale nikterak křečovitě vstal ze stolu, pokročil doprostřed místnosti, několik vteřin se zaraženě rozhlížel a pak – promluvil. Nebylo mu rozumět, co říká, ale cosi pronesl; bylo slyšet hlásky. Když domluvil, klesl těžce na podlahu.

Na několik okamžiků všechny ochromila hrůza – bylo však nutno rychle jednat a toto nezbytí jim záhy vrátilo duchapřítomnost. Bylo patrné, že pan Stapleton je živý, třebaže v mdlobách. Po aplikaci éteru pacient procitl a zanedlouho se uzdravil. Mohl se vrátit do kruhu svých přátel, lékaři však před nimi jeho vzkříšení utajovali tak dlouho, dokud si nebyli jisti, že se nemusí obávat recidivy. S jakým úžasem, s jakým vytržením ho přátelé přijali, si snad umíte představit.

Nejotřesnější okolnost této trapné události je obsažena přímo ve výpovědi pana Stapletona. Tvrdí, že po celou dobu nebyl ani na chvilku zcela v bezvědomí – že si matně a zmateně uvědomoval vše, co se s ním děje, od okamžiku, kdy ho lékaři prohlásili za mrtvého, až do chvíle, kdy v nemocnici omdlel a klesl k zemi. „Jsem naživu," byla ona nesrozumitelná slova, která ze sebe chtěl zoufale vypravit, když poznal, že je v pitevně.

Bylo by snadné připojit k těmto historiím nesčíslně dalších, ale raději od toho upustím, neboť jich věru není zapotřebí, abychom dokázali, že k předčasným pohřbům dochází. Když si rozvážíme, jak zřídkakdy je v naší moci – už pro povahu věci – takové případy odhalit, nezbývá nám než připustit, že se dějí často, aniž o nich máme tušení. Kdykoli se na hřbitově provádějí nějaké větší práce, ať už z jakéhokoli důvodu, téměř vždycky se najdou kostry v polohách, které vzbuzují nejhrůznější podezření.

Podezření hrůzná – o co však hrůznější úděl sám! Bez váhání se dá říci, že není zážitku, který by byl uzpůsobenější přivodit ta nejkrajnější tělesná i duševní muka, než být pohřben před svou vlastní smrtí. Drtivý tlak na plíce – dusivé výpary vlhké prsti – přilnavá lepkavost rubáše – neúprosné objetí těsného prostoru – černá tma absolutní noci – ticho jako v podmořské tůni – neviditelná, ale hmatatelná přítomnost Červa dobyvatele – to vše a k tomu představa vzduchu a trávy nahoře, vzpomínka na drahé přátele, kteří by nás přispěchali zachránit, kdyby se nějak dověděli o našem osudu, a zároveň vědomí, že se o něm nikdy nedoví – že jsme beznadějně odsouzeni k osudu člověka skutečně mrtvého – všechny tyto vjemy a úvahy, pravím, vnášejí do srdce, které dosud tepe, tak obludný a nesnesitelný děs, že se ho zalekne i ta nejtroufalejší fantazie. Na povrchu země neznáme nic trýznivějšího – v útrobách pekelných si nedovedeme představit nic přízračnějšího. Proto také každé vyprávění na toto téma vzbuzuje hluboký zájem; je ovšem pro samu hrůznou posvátnost námětu zcela zákonitě podmíněno naší bezvýhradnou vírou v *pravdivost* líčené události. To, co nyní vypovím, jsem na vlastní kůži zažil a poznal – je to osobní, nezahladitelná zkušenost.

Po několik let mne sužovaly záchvaty zvláštní choroby, kterou lékaři z nedostatku přesnějšího označení nazývali katalepsií. Třebaže jak náchylnost k tomuto neduhu, tak jeho bezprostřední příčina, a vlastně i skutečná diagnóza, zůstávají záhadou, jsou celkem dobře známy jeho příznaky a průběh. Obměny této nemoci spočívají nejspíš v její intenzitě. Někdy postižený leží jen jeden den nebo i kratší dobu ve stavu jakési strnulé letargie. Je jako omráčený a znehybnělý; ale tlukot jeho srdce je dosud slabě slyšet, tělo úplně nevychladlo, na lících má lehké růžové skvrnky, a když mu ke rtům přiložíme zrcátko, můžeme sledovat ochablou, nevyrovnanou, kolísavou činnost plic. Jindy může takový trans trvat týdny nebo i měsíce, zatímco se lékaři sebedůkladnějším vyšetřováním a sebepřísnějšími zkouškami marně snaží odhalit podstatný rozdíl mezi stavem ochořelého a tím, co nazýváme absolutní smrtí. Před pohřbením zaživa zachrání pacienta obvykle jen to, že jeho přátelé vědí o jeho předchozích kataleptických záchvatech a vyvolají proto určité pochybnosti, a pak je především důležitá okolnost, že se na nemocném neobjevují známky rozkladu. Nemoc postupuje naštěstí pozvolna. První příznaky, třebaže nápadné, nejsou nijak jednoznačné. Záchvaty jsou postupně výraznější a výraznější a každý další trvá déle než předchozí. V tom tkví nejspolehlivější ochrana proti osudnému konci. Nešťastník, jehož *první* záchvat by byl mimořádně prudký – což se někdy stává –, by byl téměř nevyhnutelně odsouzen k pohřbení zaživa.

Má choroba se v podstatných rysech nelišila od případů popsaných v lékařských knihách. Někdy jsem bez jakékoli zjevné příčiny zvolna upadal do jakéhosi mrákotného polovědomí či bezvědomí a v tomto bezbolestném stavu, neschopen se pohnout a v pravém slova smyslu myslet, ale s tupým, letargickým vědomím života i přítomnosti lidí kolem lůžka, jsem setrvával, dokud nenastala krize; po ní jsem se vždy rázem vzchopil a ihned jsem dokonale vnímal. Jindy mě nával srazil náhle a prudce. Udělalo se mi zle, naráz mě přepadla zimnice a závrať, tělo zmrtvělo a já se zhroutil. Pak jsem týdny živořil v prázdnu, ve tmě a tichu, vesmír se proměnil v nicotu. Totální zánik nemůže být drtivější. Z takovýchto záchvatů jsem se však probíral oproti náhlosti, s jakou se dostavovaly, velice pomalu. Tak jako žebrákovi bez přátel a bez domova, bloudícímu dlouhou, pustou zimní nocí ulicemi, začíná svítat den, tak liknavě, tak malátně, ale zároveň tak povzbudivě se do mé duše znovu vracelo světlo.

Pominu-li tento sklon ke kataleptickým stavům, bylo mé zdraví celkem dobré, vlastně jsem ani nepozoroval, že by je ona prevalentní choroba nějak ovlivňovala – ledaže by se jí dal přičítat zvláštní jev provázející můj normální spánek. Kdykoli jsem se probíral z dřímoty, nikdy jsem nemohl ihned úplně sebrat smysly a několik minut jsem jen vytřeštěně a zmateně zíral – mé celkové duševní schopnosti, a zejména paměť, byly naprosto utlumeny.

Tělesně jsem přitom netrpěl, zato jsem zakoušel nezměrná muka duševní. Mou fantazii zaplavovaly mrtvolné obrazy. Má řeč se hemžila „červy, hrobkami a epitafy". Utápěl jsem se ve vidinách smrti, do mozku se mi ustavičně vtíral přízrak předčasného pohřbení. Úděsná hrozba, jež nade mnou visela, mne pronásledovala neúmorně. A za nocí jsem o ní přemítal ještě trýznivěji než ve dne. Jakmile strašná tma zahalila zemi, tu jsem se při každém úzkostném pomyšlení zachvěl – zachvěl jak zdobné chocholy na pohřebním voze. Teprve po těžkém boji, když už další bdění nebylo v moci lidské přirozenosti, odhodlával jsem se usnout, ale do poslední chvíle jsem se zmítal strachem, že se probudím v hrobě. A když jsem nakonec přece jen zdříml, rázem jsem byl stržen do světa přeludů, nad nímž na obrovských, černých, zlověstných křídlech kroužila neodbytná vidina hrobu.

Z nesčetných ponurých fantasmat, jež mne skličovala v snách, uvedu jen jeden příznačný výjev. Měl jsem pocit, že jsem déle a hlouběji než obvykle pohřížen do kataleptické mdloby. Náhle se mého čela dotkla ledová ruka a nedůtklivý, huhňavý hlas mi zašeptal do ucha: „Vstaň!"

Posadil jsem se. Byla nejčernější tma. Postavu toho, kdo mne probudil, jsem neviděl. Nemohl jsem se upamatovat ani na okamžik, kdy mne záchvat přepadl, ani na místo, kde jsem ulehl. Zůstal jsem chvíli bez hnutí, snaže se usilovně rozpomenout, studená ruka však chňapla po mém zápěstí a vztekle jím zaškubala, zatímco huhňavý hlas mne znovu oslovil:

„Vstaň! Poručil jsem ti přece, abys vstal!"

„A kdo jsi?" zeptal jsem se.

„Nemám jméno v končinách, kde přebývám," odpověděl hlas truchlivě. „Býval jsem člověk, teď jsem běs. Býval jsem krutý, teď jsem ubohý. Cítíš, jak se třesu. Zuby mi drkotají, když mluvím, ne však chladem noci – nekonečné noci – ale odporem. Je to k nesnesení ohyzdné. Jak můžeš klidně spát? Ten agonický křik mne stále probouzí. Ta podívaná je nad mé síly. Vstaň přece! Pojď se mnou do širé noci – ukážu ti hroby. Není to strastiplná podívaná? Pohleď!"

Vzhlédl jsem – nezřená postava, která dosud svírala mé zápěstí, neviditelným pokynem otevřela všechny mohyly světa. Z každé vycházela matná fosforná záře rozkladu a prosvěcovala až na dno útroby, kde jsem spatřil rubášem zahalená těla, spící v truchlivém objetí s červy. Ale běda! Skutečných spáčů bylo méně, o miliony méně, než těch, kteří nezamhouřili oka, kteří se v hlubinách nesčetných jam chabě vzpínali a nepokojně převalovali, až jejich pohřební roucha kormutlivě šelestila. A viděl jsem, že přemnozí z těch, kdo napohled pokojně odpočívali, změnili – tu více, tu méně – upjatou, strnulou polohu, v níž byli původně pochováni. A jak jsem třeštil zrak, opět mne oslovil ten hlas:

„Není to – ach, není to žalostný pohled?“ Než jsem se však zmohl na slova odpovědi, postava pustila mé zápěstí, fosforná světla pohasla a hroby se rázem uzavřely – jen změť zoufalých stenů ke mně znovu dolehla: „Není to – ó Bože – není to přežalostný pohled?“

Tyto fantasmagorie, jež se mi zjevovaly v noci, začaly na mne svou drásavostí účinkovat i v bdělých hodinách denních. Už jsem neovládal své nervy, byl jsem vydán na pospas nepřetržité úzkosti. Zdráhal jsem se cestovat, kamkoli chodit, zabývat se jakoukoli činností, jež by mne odvedla z domova. Ano, ani jsem si už netroufal vzdalovat se z blízkého dohledu těch, kteří věděli o mé chorobě, neboť jsem se bál, že v případě běžného záchvatu budu pohřben dřív, než bude můj skutečný stav rozpoznán. Pochyboval jsem o péči i oddanosti nejbližších přátel. Hrozil jsem se, že jednou, až zůstanu ochromen déle než obvykle, je někdo přesvědčí o tom, že už mne nelze vzkřísit. A protože mi připadalo, že jsem jim na obtíž, začal jsem se dokonce strachovat, že jednou uvítají některý zvlášť tvrdošíjný záchvat jako dostatečnou záminku k tomu, aby se mne nadobro zbavili. Marně se mne nejoddanějšími sliby snažili uchlácholit. Vymáhal jsem svatosvatě přísahy, že mne za žádných okolností nepohřbí dříve, dokud rozklad nepokročí do té míry, že další průtahy budou naprosto neúnosné. Ale i pak zůstávala má vyděšená duše hluchá k rozumným domluvám a neochotná přijmout útěchu. Přichystal jsem celou řadu složitých preventivních opatření. Mezi jiným jsem dal přebudovat rodinnou kryptu tak, aby se dala otevřít zevnitř. Při nepatrném stisku dlouhé páky, jež sahala hluboko do hrobky, se rozevřela železná vstupní vrata. Také jsem zařídil, aby dovnitř mohl volně proudit vzduch i světlo a aby hned vedle rakve, do níž jsem měl být uložen, stály pohotově nádoby s jídlem a vodou. Tato rakev byla teple a měkce vystlána a byla opatřena víkem vybaveným stejným mechanismem jako vchod krypty, zdokonaleným o pružiny, které by víko při sebemenším pohybu těla bezpečně odklopily. Kromě toho všeho byl do krovu hrobky zasazen velký zvonec, od něhož měl vést motouz otvorem do rakve a tam uvázán k ruce nebožtíkově. Ale běda – co zmůže všechna ostražitost proti osudu člověka? Ani tyto skvěle vymyšlené záruky nestačí ochránit před ukrutnými mukami ubožáka, jemuž muka předčasného pohřbení osud předurčil!

Nadešla chvíle – jako už tolikrát předtím –, kdy jsem opět jednou procital z naprostého bezvědomí do prvního chabého, neurčitého pocitu bytí. Pomalu – hlemýždím krokem – se přibližoval mdlý, šedavý úsvit mého psychického dne. Malátná úzkost. Netečné trpění tupé bolesti. Stav, kdy se člověk o nic nezajímá, o nic nesnaží, v nic nedoufá. Pak, po dlouhé pauze, zvonění v uších; pak uplyne ještě delší doba, a v údech začíná svědit a brnět; pak přichází zdánlivě nekonečné období slastného klidu, za něhož se procitající pocity pracně tvarují do myšlenky; potom kratičký návrat do nicoty, pak náhlé vzchopení. Posléze se mírně zachvějí víčka a vzápětí tělem jako elektrický otřes projede hrůza, smrtelná a neurčitá, která proudem hrne krev ze spánků k srdci. A nyní přichází první rozhodný pokus myslet. A první úsilí rozpomenout se. A částečný, pomíjivý zdar. A nyní paměť natolik ožila, že si do jisté míry mohu uvědomit svůj stav. Cítím, že se neprobouzím z obyčejného sna. Vybavuji si, že trpívám záchvaty katalepsie. A konečně, jako by mne zavalil oceán, zkrušuje mou vyděšenou bytost ta posupná hrozba – ta přízračná, drtivá, neodbytná představa hrobu.

Když mne posedla tato domněnka, zůstal jsem několik minut bez hnutí. Ptáte se proč? Nesebral jsem dost odvahy k sebemenšímu pohybu. Nedokázal jsem napnout ani zlomek vůle, abych se přesvědčil o svém osudu – a přesto mi v skrytu duše cosi našeptávalo, že je zpečetěn. Zoufalství, k jakému člověka nedožene žádné jiné neštěstí, jedině zoufalství mě přimělo, abych zdvihl svá ztěžklá víčka. Byla tma – naprostá tma. Věděl jsem, že záchvat pominul. Věděl jsem, že krize je už dlouho zažehnána. Věděl jsem, že jsem plně nabyl zrakových schopností – a přece byla tma – naprostá tma – hluboká, neprostupná, věčná nesvitnost noci.

Chtěl jsem vykřiknout – mé vyprahlé rty i jazyk se o to křečovitě pokusily –, avšak z úst mi nevyšel žádný zvuk – na propadlých plících jako by mi ležela hora, při každém bolestném nadechnutí se vzpínaly spolu s rozbušeným srdcem.

Nemohoucnost, kterou jsem pocítil, když jsem při tomto úsilí chtěl pohnout čelistmi, mne přesvědčila, že mám podvázanou bradu, tak jak se to dělává mrtvolám. Také jsem měl dojem, že ležím na čemsi tvrdém, a také ze stran jako by mne těsně svíralo cosi prkenného. Až dosud jsem se neodvážil pohnout údy – teď jsem však prudce natáhl ruce, které spočívaly v zkřížené poloze na mé hrudi. Narazily na pevné dřevěné pažení, jež se ve výši necelých šesti palců prostíralo nad mou hlavou. Teď už jsem věru nepochyboval, že ležím v rakvi.

A v této chvíli nezměrné sklíčenosti sestoupil ke mně sladký cherub naděje – rozpomněl jsem se totiž na všechna svá předběžná opatření. Trhl jsem sebou a zběsilými rozmachy jsem se pokusil odklopit víko; nepohnulo se. Sáhl jsem si na zápěstí, mám-li na něm smyčku motouzu od zvonce; nenahmatal jsem ji. Vzápětí odlétl navždy můj anděl utěšitel a ještě drtivější zoufalství než předtím opanovalo mou bytost – nemohl jsem nepostřehnout, že neležím na poduškách, jimiž jsem tak pečlivě vystlal svou rakev, a do chřípí mi náhle zavanul příznačný, ostrý pach vlhké prsti. Závěr byl nezvratný; nejsem ve své kryptě! Záchvat mne zastihl mimo domov, mezi neznámými lidmi – kdy a jak, to jsem už zapomněl – a ti mne zakopali jako psa, zatloukli do nějaké nuzné rakve – a hodili navždy hluboko dolů, do nějaké sprosté, bezejmenné jámy.

Jak tato strašlivá jistota neúprosně pronikala do nejniternějších koutů mé duše, napjal jsem ještě jednou všechny své síly, abych hlasitě vykřikl. Dlouhý, divoký, táhlý výkřik či agonický ston se rozlehl říší podsvětní noci.

„Hej, co je to tady?" ozval se nato drsný hlas.

„Co má k čertu tohle znamenat?" přidal se druhý.

„Nech toho, povídám!" zvolal třetí.

„Co tě to napadlo – vřeštět tady jako pavián?" řekl čtvrtý, načež se mne chopila rota surovců a bez okolků mnou snad několik minut lomcovala. Nevyburcovali mne ze spánku – výkřikem jsem už totiž plně procitl –, ale vrátili mi a náležitě vzpružili mou paměť.

Tato událost se přihodila nedaleko Richmondu ve Virginii. Vydal jsem se s přítelem na loveckou výpravu podél břehu řeky James. Urazili jsme proti proudu několik mil, když nás zaskočila bouře. Už se schylovalo k večeru a jediný úkryt nám skýtala zakotvená malá šalupa, naložená zahradní hlínou. Uvelebili jsme se v její kabině, jak to jen šlo, a strávili tam noc. Spal jsem na jednom ze dvou lodních lůžek – jak vypadají pryčny šalupy o šedesáti či sedmdesáti tunách, nemusím snad ani popisovat. Lůžko, které jsem obsadil, bylo úplně holé, bez jediné přikrývky. Jeho šířka nepřesahovala osmnáct palců. Právě tolik měřila vzdálenost od jeho spodku k podlaze paluby nad ním. Dalo mi velkou práci, než jsem se do něho vtěsnal. Nicméně jsem spal tvrdě; a celé mé vidění – neboť to nebyl sen ani noční můra – vzniklo z docela přirozených důvodů: jednak má náchylnost k jistým myšlenkám, a vše dovršila nesnadnost, o níž jsem se již zmínil, s jakou ještě dlouho po probuzení z normálního spánku dávám dohromady své smysly a znovu nabývám paměť. Muži, kteří mnou třásli, byla posádka šalupy a několik dělníků, kteří skládali její náklad. Ten právě vydával onen zemní pach. Má brada vězela v hedvábném šátku, který jsem si uvázal kolem hlavy místo noční čepice, kterou obvykle nosívám.

Avšak muka, která jsem vytrpěl, se zcela nepochybně zcela vyrovnala utrpení předčasně pohřbeného člověka. Byla úděsná – byla nepředstavitelně hnusná, avšak toto zlo zplodilo i cosi dobrého, neboť právě jeho nadměrnost přivodila v mé povaze nevyhnutelný zvrat. Mé duševní zdraví se zlepšilo – nabylo rovnováhy. Vypravil jsem se do ciziny. Podnikal jsem namáhavé výlety. Vdechoval jsem svěží nebeský vzduch. Začal jsem přemýšlet o jiných námětech, než je smrt. Odložil jsem lékařské knihy. Spálil jsem Buchana. Přestal jsem číst *Noční myšlenky,* bombastické morbidity o hřbitovech, strašidelné povídačky a podobný škvár. Zkrátka stal se ze mne nový člověk, začal jsem žít lidským životem. Od oné pamětihodné noci jsem se zbavil navždy záhrobních úzkostí a s nimi zmizela i má neblahá choroba. Možná že ty úzkostné stavy byly spíš její příčinou než následkem.

Jsou okamžiky, kdy se i střízlivému oku rozumu jeví náš truchlivý lidský svět jako hotové peklo – avšak naše obraznost se nemůže jako Carathis beztrestně ponořit do všech jeho hlubin. Trudný zástup záhrobních hrůz, to není – běda! – pouhopouhá smyšlenka – avšak tyto hrůzy musíme nechat spát jako démony doprovázející Afrasiaba na jeho plavbě po Oxu, musíme je nechat spát, sic nás pohltí – nesmíme rušit jejich spánek, nebo zahyneme.

# JÁMA A KYVADLO

*Impia tortorum longas hic turba furores*
*Sanguinis innocui, non satiata, aluit.*
*Sospite nunc patria, fracto nunc funeris antro,*
*Mors ubi dira fuit vita salusque patent.*[1]

Čtyřverší složené pro tržní bránu, která měla stát na staveništi Jakobínského klubu v Paříži.

Bylo mi zle, k smrti zle mi bylo z těch dlouhých muk, a když mne konečně odvázali a dovolili usednout, cítil jsem, že omdlévám. Poslední zřetelná slova, která jsem ještě zaslechl, byl rozsudek – strašný rozsudek smrti. A pak mi hlasy inkvizitorů splynuly v jediný snový, mátožný šum. Vyvolal ve mně představu *otáčení,* snad že se mi ve fantazii sléval s klapotem mlýnského kola. To trvalo jen chvilku, neboť záhy jsem už neslyšel nic. Ještě okamžik jsem však viděl – ovšem s jakou děsivou zveličeností! Spatřil jsem rty černě oděných soudců. Připadaly mi bílé – bělejší než list papíru, na kterém toto píši – a až pitvorně tenké, tenké úporným výrazem pevné, neoblomitelné rozhodnosti a krutého opovržení k mukám člověka. Ještě jsem viděl, jak tato ústa pronášejí rozsudek, který byl pro mne osudem, jak se kroutí tou smrtonosnou formulí. Viděl jsem, jak pronášejí slabiky mého jména, a zděsil jsem se, neboť se nic neozývalo. V těch několika vteřinách závratné hrůzy jsem ještě ne-

[1] (lat.) – Dlouho zde řádila bezbožná cháska trýznitelů, / nemohoucí se dosytit nevinné krve. / Dnes, když je vlast v bezpečí a sluj záhuby rozbořena, / tam, kde byla hrozná smrt, vládne život a blaho.

viděl, jak se jemně, sotva znatelně zachvívají šedé drapérie, jež zahalují místnosti; a potom padl můj zrak na sedm vysokých svící na stole. Zprvu se mi zdálo, že mi přinášejí milost, že je to sedm útlých andělů, kteří mne zachrání; pak ale mé nitro zaplavila ničivá ošklivost, každá žilka se ve mně zachvěla, jako bych se dotkl galvanického drátu – podoby andělů se proměnily v beztvaré přízraky s hlavami z plamene – a já jsem poznal, že od nich mi pomoc nepřijde. A tu se mi do mysli jako lahodná melodie vkradla představa o blaženém spánku, který mne čeká v hrobě. Přicházela tichounce, něžně a dlouho jsem jí nemohl porozumět; jakmile jsem se však do ní plně vnořil, postavy soudců mi zmizely jako zázrakem z očí, vysoké svíce se propadly do prázdna, jejich plameny pohasly, zavládla černočerná tma, všechny vjemy a pocity jako by pohltil šílený, střemhlavý pád, v němž duše klesá do podsvětí. A vesmír nebyl nic než ticho a nehybnost a noc.

Omdlel jsem; a přece vím, že jsem neztratil vědomí úplně. Co mi z vědomí zbývalo, to si netroufám blíže označit, ba ani vylíčit; ale neztratil jsem je úplně. Ani v nejhlubším spánku, ani v deliriu, ani v mdlobách, ani v smrti, ano, nikdy, ani v samém hrobě neztrácíme vědomí úplně! Jinak by přece člověk marně doufal v nesmrtelnost. Když se probouzíme i z nejtvrdšího spánku, trháme chatrné předivo nějakého snu. A přece si již za vteřinu nevzpomeneme (tak křehké je to předivo), co se nám zdálo. Ze mdlob se vracíme do života ve dvou stadiích; nejprve prožíváme niterné, duševní stavy, pak pocítíme existenci fyzickou. Kdybychom si dovedli vybavit při vstupu do toho druhého stadia dojmy stavů prvních, patrně by nám tyto dojmy vypověděly mnohé děje z té hlubiny tam na druhé straně. A ta hlubina –

co je ta hlubina? Kdybychom aspoň její stíny mohli jednou rozeznat od stínů záhrobí! I když však dojmy z toho, co jsem nazval prvým stadiem, nelze vůlí vybavit, nevynoří se přece jen po delším čase, nezvány, samy? A neptáme se pak s údivem, odkud se vzaly? Člověk, který nikdy neupadl do mdlob, nevídá nikdy neznámé paláce a strašně povědomé tváře v žhoucích uhlech; ten člověk nehledívá na teskná zjevení plující vzduchem – neviditelná ostatním; ten člověk nedumá nad vůní nevídaného květu; ten člověk se nepozastavuje s úžasem nad melodií, která jej nikdy předtím neupoutala.

Znovu a znovu snažil jsem se vzpomenout, usilovně, s rozmyslem snažil jsem si připomenout aspoň nějakou známku toho stavu zdánlivého nebytí, do něhož má duše upadla – a již se mi chvilkami zdálo, že se mi to daří. Opravdu, měl jsem kratičké záblesky rozpomenutí, které se nepochybně vztahovaly – jak mi jasný rozum z pozdějšího údobí říká – k onomu stavu zdánlivého bezvědomí. Ty cáry paměti mi mlhavě vybavují vysoké postavy, které mne zdvihly a mlčky snášely kamsi dolů – níž a níž – až mne přepadla šeredná závrať z pouhé představy nekonečnosti toho sestupu. Vybavují mi také neurčitou úzkost kolem srdce, vyvolanou právě jeho nepřirozeným ztišením. Pak jsem pocítil náhlé znehybnění všeho kolem, jako by ti, kteří mne nesli (ó strašný to průvod), sestoupili až kamsi za meze bezmezného prostoru a po úmorné práci odpočívali. A ještě se rozpomínám na cosi plochého a vlhkého; ale pak už zbývá jen *šílenství* – šílenství paměti, která se přehrabuje ve věcech zakázaných.

Znenadání se mi do vědomí vrátil pohyb a zvuk – zběsilý překotný pohyb srdce a jeho tlukot v mých uších. Pak přeryv slepé prázdnoty. Pak opět zvuk a pohyb i hmatový vjem – šimravý pocit po celém těle. Pak pouhé vědomí, že jsem vědomí bez myšlenky – stav, který trval dlouho. Pak znenadání *myšlenka* a v ní úděsný strach i úmorná snaha pochopit vlastní skutečný stav. Pak neodbytná touha opět se pohroužit do tupých mrákot. Pak prudké probuzení k vědomí a pokus o pohyb – který se zdařil. A už je tu jasná myšlenka na proces, na soudce, šedé drapérie, rozsudek, nevolnost, na mdloby. Všechno další pak mizí v naprostém zapomenutí a teprve později jsem si z toho jen s krajním vypětím cosi mlhavého vybavil.

Až dosud jsem neotevřel oči. Měl jsem pocit, že ležím nespoután na zádech. Natáhl jsem ruku; dopadla těžce na cosi vlhkého a tvrdého. Chvílemi jsem ji tam tak nechal a snažil se přitom představit si, kde jsem a kdo vůbec jsem. Chtělo se mi – a přece jsem si netroufal – použít zraku. Děsil jsem se prvního pohledu na své okolí. Ale neobával jsem se tolik spatřit věci hrozné, jako jsem se strachoval, že neuvidím *nic*. Konečně jsem se zoufalým odhodláním chvatně otevřel oči. Mé nejhorší představy se naplnily. Obklopovala mne černá tma věčné noci. Lapal jsem po dechu. Neproniknutelnost tmy mne tížila, dusila. Vzduch nesnesitelně tísnil. Zůstal jsem tiše ležet a snažil se přemýšlet. Rozpomněl jsem se na inkviziční řízení a z něho jsem se pokoušel vyvodit, co se vlastně se mnou děje. Byl vynesen rozsudek a připadalo mi, že od té chvíle uplynula velmi dlouhá doba. Přesto jsem ani na vteřinu neuvěřil, že jsem opravdu mrtev. Vždyť něčemu takovému uvěřit – i když se o tom dočítáme v beletrii – zcela vylučuje vědomí samého bytí. A přece: kde jsem a co se se mnou děje? Odsouzenci k smrti, pokud jsem věděl, bývají upalováni a jedno takové autodafé bylo uspořádáno právě večer v den mého soudu. Vsadili mne snad znovu do vězení, kde mám čekat na příští popravy, které se budou konat třeba až za několik měsíců? Tu myšlenku jsem však vzápětí zavrhl. Vždyť oběti bývají požadovány okamžitě. A kromě toho moje bývalá cela, jako ostatně všechny cely odsouzenců v Toledu, měla kamennou podlahu a bylo v ní aspoň trochu světla.

A tu mi náhle úděsná představa vehnala proud krve do srdce – a nakrátko mne opět obestřely mrákoty. Sotva jsem se vzpamatoval, vyskočil jsem a chvěl se křečovitě po celém těle. Zběsile jsem všemi směry rozhazoval rukama. Nic jsem nenahmatal – a přece jsem se bál na krok pohnout, abych nenarazil na stěny *hrobky*. Z každičkého póru mi vyrazil studený pot a v ohromných krůpějích se mi usazoval na čele. Pak už jsem nevydržel muka napětí a opatrně, s rukama napřaženýma jsem pokročil vpřed; třeštil jsem oči z důlků, abych zahlédl alespoň chabý paprsek světla. Postoupil jsem tak o několik kroků – ale všude stále jen tma a prázdno. Vydechl jsem volněji. Zdálo se, že mne přece jen nepotkal osud nejobludnější.

Ale jak jsem se opatrně sunul dál, začaly se mi v hlavě rojit tisíceré temné pověsti o hrůzách Toleda. O zdejších žalářích se vyprávěly podivné věci – pouhé výmysly, říkal jsem si vždycky – ovšem tak podivné a tak příšerné, že je lépe opakovat je jen šeptem. Nechají mne v tomto černém podsvětí zahynout hladem, anebo mne čeká ještě děsivější úděl? Že je na konci smrt, smrt ukrutnější než bývá obvykle, o tom jsem nepochyboval – znal jsem příliš dobře své soudce. Teď mne zajímala a zneklidňovala jen její podoba a její čas.

Mé napřažené ruce narazily konečně na pevnou překážku. Byla to zeď, patrně kamenná – velice hladká, slizká a studená. Postupoval jsem podle ní, našlapuje obezřetně, nedůvěřivě, jak mne k tomu nabádaly dávné pověsti. Takto jsem však nemohl zjistit rozměry svého žaláře; stěna byla zřejmě všude stejně ztvárněna, takže jsem ji mohl snadno obejít a vrátit se tam, odkud jsem vyrazil, aniž bych to postřehl. Hledal jsem proto nůž, který jsem měl v kapse, ještě když mne odváděli do inkviziční síně. Nůž však byl pryč – vyměnili mi šaty za jakousi kutnu z hrubého serže. Napadlo mě vrazit čepel do nějaké škvírky ve zdivu a označit si tak výchozí bod. Bylo jistě lehké tuto nesnáz překonat – a přece se mi v mé rozhárané mysli zdála zprvu nezdolatelná. Utrhl jsem kus obruby ze své kutny a rozprostřel jej kolmo ke zdi. Představoval jsem si, že budu tápat kolem cely a až kruh dokončím, jistě tento cár opět nahmatám. Nepočítal jsem však s rozlohou žaláře ani se svou slabostí. Půda byla vlhká a kluzká. Chvíli jsem vrávoral vpřed, pak jsem klopýtl a upadl. Byl jsem tak zemdlen, že jsem zůstal ležet a záhy mne na místě přemohl spánek.

Když jsem se probudil a natáhl ruku, nahmatal jsem bochník chleba a džbán s vodou. Neuvažoval jsem o tom, na to jsem byl příliš vyčerpán, jen jsem se chtivě pustil do jídla a pití. Zanedlouho jsem však už zase pokračoval v obchůzce svého žaláře a s námahou jsem posléze dorazil k útržku látky. Do chvíle, než jsem upadl, napočítal jsem dvaapadesát kroků, než jsem pak došel k hadříku, ušel jsem dalších osmačtyřicet kroků. Urazil jsem tedy dohromady sto kroků; počítal jsem se dvěma kroky na yard, a tak jsem odhadl vnitřní obvod žaláře na padesát yardů. Narazil jsem ovšem ve zdi na četné hrany a nemohl jsem si tedy utvořit představu o tvaru krypty, ano, krypty – nezbývalo mi totiž, než to za kryptu považovat.

Tyto výzkumy mnoho smyslu neměly – naděje nebyla pražádná –, a přece mne jistá zvědavost nabádala, abych pokračoval. Odstoupil jsem od zdi a odhodlal se přejít celý prostor napříč. Zprvu jsem postupoval nesmírně obezřetně, neboť podlaha, třebaže se zdála pevná, byla zrádně kluzká. Konečně jsem si dodal odvahy a vykročil rázněji; umínil jsem si přejít prostor pokud možno přímočaře. Tak jsem postoupil deset až dvanáct kroků, pak se mi však připletl pod nohy cár, visící z mé roztržené kutny. Přišlápl jsem si jej a prudce upadl na obličej.

Zprvu jsem byl pádem tak zmaten, že jsem si hned nevšiml poněkud zarážející okolnosti, která mne však záhy poté, ještě když jsem ležel, zaujala. Bradou jsem se totiž dotýkal podlahy, kdežto rty i horní část obličeje, třebaže zjevně spočívaly níže než brada, se nedotýkaly ničeho. A zároveň jako by se mi čelo hroužilo do lepkavého dýmu a do nozder mi stoupal podivný zápach tlející plísně. Natáhl jsem ruku a zachvěl jsem se děsem, neboť jsem zjistil, že jsem upadl těsně na okraj kruhové jámy, jejíž rozměry jsem ovšem zatím nemohl odhadnout. Šmátral jsem po zdi hned pod roubením jámy a podařilo se mi vydrolit malý úlomek; ten jsem pak hodil do prohlubně. Po mnoho vteřin jsem slyšel, jak při pádu naráží o stěny propasti; konečně se ozvalo duté žbluňknutí a po něm zvučné ozvěny. V témž okamžiku jsem zaslechl zvuk, jako by se mi nad hlavou rychle otevřely a právě tak rychle zavřely dveře, a tmou jako by náhle probleskl slabý zákmit světla, který zase tak náhle pohasl.

Poznal jsem, do jaké záhuby jsem se řítil, a zaradoval se z včasné náhody, která mne zachránila. Stačil jediný krok a byla by po mně veta. A právě takovou smrt – jaké jsem teď o vlas unikl – smrt z povídaček o inkvizici, považoval jsem za bujnou smyšlenku. Oběti tyranské inkvizice měly na vybranou: umírat buď za strašlivých muk tělesných, anebo s obludnými hrůzami duševními. Mně zřejmě určili smrt druhou. Dlouhými útrapami jsem byl vnitřně tak rozerván, že jsem se třásl už při zvuku vlastního hlasu a stal se tak v každém ohledu vhodným předmětem pro druh mučení, který mne čekal.

Drkotaje zuby, tápal jsem zpátky ke zdi a umiňoval si, že raději zahynu tam, než abych riskoval hrůzy šachet, kterých se mi teď v obraznosti vyrojilo několik v různých místech žaláře. Za jiného rozpoložení mysli bych se byl odvážil skoncovat rázem svou bídu skokem do jedné z nich; teď však byl ze mne ten nejhorší zbabělec. Také jsem ovšem nemohl zapomenout na to, co jsem četl o těchto jámách – jejich strašlivým účelem není prý usmrcovat oběti náhle.

Z přílišného rozrušení jsem probděl dlouhé hodiny; pak jsem však přece jen usnul. Když jsem se probudil, našel jsem vedle sebe tak jako předtím chléb a džbán s vodou. Mučila mne palčivá žízeň a naráz jsem nádobu vyprázdnil. Jistě v ní bylo něco omamného, neboť sotva jsem dopil, už se mi klížila víčka. Přepadl mne hluboký spánek – podobný spánku smrti. Nevím ovšem, jak dlouho jsem spal, ale když jsem znovu otevřel oči, rozeznával jsem své okolí. V přízračné sirnaté záři – nevěděl jsem zprvu, odkud se linula – mohl jsem obhlédnout rozsah i tvar žaláře.

Pokud šlo o jeho velikost, značně jsem se zmýlil. Zeď neměřila kolem dokola víc než dvacet pět yardů. Tento objev mne na chvíli zcela zbytečně potrápil; věru zbytečně – vždyť v strašlivém postavení, v němž jsem vězel, mohlo mít sotva něco menší význam než právě rozměry mé cely. Byl jsem však posedlý vyzkoumat každou maličkost a všemožně jsem si chtěl vysvětlit, jak jsem se při měření cely spletl. Konečně mi svitlo. Při prvním pokusu napočítal jsem dvaapadesát kroků do chvíle, kdy jsem klesl; dostal jsem se tehdy nepochybně až na jeden nebo dva kroky k útržku látky – ve skutečnosti jsem tedy obešel téměř celou kryptu. Pak jsem usnul, a když jsem se probral, patrně jsem se stejnou cestou vrátil – jedině tak jsem se mohl domnívat, že obvod cely je dvakrát delší než ve skutečnosti. Byl jsem zcela vyšinutý, a tak jsem ani nepostřehl, že jsem na svou pouť vyrazil se zdí po levici a skončil se zdí po pravé ruce.

Také v odhadování tvaru vězení mne cosi zmátlo. Když jsem tápal vpřed, nahmatal jsem ve zdi množství hran, což mi vnuklo představu velké nepravidelnosti – tak mocný má účinek naprostá tma na člověka, který procitá z letargie či spánku! Byly to prostě hrany několika porůznu rozložených, mírně propadlých či vyklenutých míst. Tvar žaláře byl zhruba čtverec. Co jsem pokládal za zdivo, vypadalo teď jako obrovské pláty železa či jiného kovu, a jejich švy a spáry vytvářely ony výklenky. Celý povrch tohoto kovového pásu byl počmárán příšernými, odpornými výplody, vyvěrajícími z mnišských pověr o záhrobí. Postavy hrozících ďáblů, kostlivců a mnoho dalších, vskutku úděsných obrazů pokrývalo a hyzdilo stěny. Všiml jsem si, že obrysy těchto nestvůr jsou celkem zřetelné, jejich barvy jsou však patrně účinkem vlhka vybledlé a rozmazané. Také podlahy jsem si teď povšiml. Byla kamenná. Uprostřed zela okrouhlá jáma, jejímuž jícnu jsem unikl; byla tu však pouze jediná.

To vše jsem viděl jen nejasně a s velikou námahou, neboť mé postavení i poloha se během spánku podstatně změnily. Ležel jsem teď zcela natažen na zádech na jakémsi nízkém dřevěném rámu. Byl jsem k němu pevně připoután dlouhým pásem, který se podobal popruhu. Mnohonásobně mi ovíjel údy a tělo a ponechával trochu volnosti jen hlavě a levé paži, takže jsem se mohl jakžtakž krmit z hliněné misky, která ležela po mém boku na zemi. S hrůzou jsem shledal, že džbán zmizel; ano, s hrůzou, neboť mne trýznila nesnesitelná žízeň. A moji mučitelé zřejmě zamýšleli tuto žízeň stupňovat – jídlo na misce bylo totiž palčivě okořeněno.

Hleděl jsem vzhůru a prohlížel si strop cely. Klenul se asi třicet, možná čtyřicet stop nad mou hlavou a byl sestrojen podobně jako postranní stěny. Na jedné desce mne silně zaujala prapodivná postava. Byla to postava Času, tak jak se obvykle maluje, až na to, že místo kosy držela v ruce cosi, co jsem na první pohled pokládal za malovanou podobu ohromného kyvadla, jaká vídáme na starých hodinách. Ve vzhledu tohoto mechanismu mne však něco nutilo k pozornější prohlídce. Jak jsem tak na ně vzhůru hleděl (kyvadlo viselo přímo nade mnou), měl jsem dojem, že se hýbá. Vzápětí jsem shledal, že je to pravda. Kývalo se v krátkých kmitech a ovšem zvolna. Několik minut jsem je tak pozoroval spíše s podivem než s bázní. Posléze mne jeho jednotvárný pohyb unavil a zadíval jsem se jinam.

Zaslechl jsem totiž slabý šelest, a když jsem pohlédl na zem, viděl jsem, jak se tu pohybuje několik obrovských krys. Vylézaly ze šachty, kterou jsem měl před očima hned po pravici. A nedbajíce mého upřeného pohledu, hrnuly se sem v houfech s lačnýma očima; lákal je pach masa. Jen s velkým, soustředěným vypětím jsem je od něho odháněl.

Po půlhodině (snad uplynula i hodina – měl jsem nejasnou představu o čase) jsem opět vzhlédl. A teď jsem spatřil něco, co mne opravdu zmátlo a udivilo. Dráha kyvadla se prodloužila bezmála o yard. A jeho rychlost byla přirozeně také mnohem větší. Ale hlavně mne znepokojil dojem, že znatelně *pokleslo*. Nyní jsem zpozoroval – netřeba dodávat s jakým děsem –, že jeho spodní konec tvoří srpek třpytné oceli, dlouhý asi stopu od hrotu k hrotu, které trčí vzhůru, a že hrana srpku je zřejmě ostrá jako břitva. A jako břitva byl patrně i bytelný a těžký, neboť od ostří vybíhal vzhůru do pevného, širokého tvaru. Byl připevněn k mohutné mosazné tyči, a jak se houpal, *svištěl* vzduchem.

Již jsem věděl najisto, jaký konec mi přichystala mučitelská vynalézavost mnichů. Pochopům inkvizice neušlo, že jsem rozpoznal *jámu*, jejíž hrůzy měl okusit tak zapřisáhlý kacíř, jakým jsem byl já – jámu, ten symbol pekla, podle pověstí považovaný za nejzazší vrchol všech jejich trestů. Do této jámy jsem jen čirou náhodou nespadl a dobře jsem věděl, že právě nečekaně, záludně připravená muka dodávají těmto vraždám v kryptách zvrácené pitvornosti. Když jsem tedy do propasti nespadl, nebylo už ďábelským záměrem teď mě tam svrhnout, ale připravit mi záhubu (druhé volby zřejmě nebylo) jinou a mírnější. Mírnější! V svém žalu jsem se pousmál výrazu, jakým jsem označil ten hrůzný pojem.

Proč vykládat o dlouhých, předlouhých hodinách smrtelného, ba víc než smrtelného děsu, kdy jsem odpočítával svištící kmity oceli! Kyvadlo klesalo níž a níž – coul po coulu – zlomeček po zlomečku – po stupních rozpoznatelných jen v intervalech, které trvaly věky! Teprve po několika dnech – ano, mnoho dní možná uplynulo – začínalo kmitat tak těsně nade mnou, že mne ovíval jeho břitký dech. Do chřípí se mi tlačil pach ostré oceli. Modlil jsem se – zapřísahal jsem do omrzení nebesa, aby urychlila sestup kyvadla. Běsnil jsem, šílel, vší mocí jsem se zdvíhal proti švihům strašlivého handžáru. A pak jsem se znenadání utišil a jen se usmíval na blyštivou smrt jako dítě na podivnou cetku.

Znovu mne načas obestřely mrákoty; byla to jistě jen chvilička, neboť když jsem nabyl vědomí, nezpozoroval jsem další pokles kyvadla. Ale právě tak mohla uplynout dlouhá doba – vždyť jsem věděl, že těm ukrutným ďáblům neunikly mé mdloby a že stroj mohou zastavit, kdy se jim zlíbí. Když jsem se probral, bylo mi nadto nevýslovně špatně a mdlo, jakoby po dlouhém hladovění. I v tomto čase smrtelné úzkosti prahla lidská přirozenost po jídle. A s bolestným úsilím, pokud mi to pouta dovolovala, natáhl jsem levou ruku a uchopil ubohý zbytek jídla, který mi krysy nesežraly. Jakmile jsem vsunul sousto mezi rty, bleskl mi hlavou jakýsi nedomyšlený nápad – byla v něm radost i naděje. Jakou jsem si však já mohl dělat naději? Byl to, jak říkám, nedomyšlený nápad, jakých má člověk mnoho a nikdy je nestačí domyslit. Tušil jsem, že v něm byla radost i naděje; ale také jsem cítil, že se hned v zárodku rozplynul. Marně jsem se namáhal dobrat se k němu, znovu si jej vybavit. Dlouhé útrapy zničily takřka nadobro mé nejzákladnější duševní schopnosti. Zhloupl jsem – byl ze mne idiot.

Kyvadlo kmitalo v pravém úhlu k mému trupu. Viděl jsem, že srpek jej křižuje nad krajinou srdeční. Později roztřepí tkaninu mé kutny; vrátí se, znovu zachytí – znovu a znovu se bude vracet a sekat. Přes děsivé rozpětí kyvu (snad třicet i více stop) a neúprosné svištivé rázy, jimiž by rozťalo i ty železné stěny kolem, rvalo by mi po několik minut toliko šaty – nic víc. A u této představy jsem se zastavil – netroufal jsem si zatím přemýšlet dál. Tak houževnatě jsem se do ní pohřížil, tak jsem na té myšlence ulpěl, jako bych jí mohl další sestup oceli zarazit. Nutil jsem se k úvahám o tom, jaký asi zvuk vydá ten srpek, až mi smýkne přes oděv – o zvláštním, mrazivém záchvěvu, jaký asi proběhne nervy, až se ocel otře o látku. Tak dlouho jsem se probíral těmito malichernostmi, až mi stydla krev v žilách.

Dolů – neustále dolů se šinulo. Začal jsem s bláznivou rozkoší porovnávat rychlost, s jakou klesalo, s rychlostí, s jakou kmitalo. Doprava – doleva – daleko vzhůru – se skřekem zatracence! S kradmým skokem tygra rovnou k mému srdci! Chvíli jsem se smál, chvíli zoufale naříkal, jak ta nebo ona představa ve mně převládla.

Dolů – neodvratně, neúprosně dolů! Jen tři palce nad hrudí mi teď kmitalo! Zběsile jsem se snažil vyprostit levou paži. Byla volná jen od lokte k prstům. Stíží jsem dosáhl od mísy k ústům – ani o vlas dál. Kdybych dokázal zpřetrhat pouta nad loktem, snad bych kyvadlo zachytil a snad bych ho i zastavil. Ale to bych se právě tak mohl pokoušet zastavit lavinu!

Dolů – stále tak nepřestajně – stále nevyhnutelně dolů! Zalykal jsem se a svíjel při každém jeho kyvu. Choulil se v křeči při každičkém švihu. S dychtivou, nesmyslnou, zoufalou nadějí jsem na kyvadlo upíral oči, když se rozmáchlo ode mne vzhůru; bezděčně jsem je mhouřil, když klouzalo dolů – třebaže smrt by mi přinesla jen úlevu – ó jak nevýslovnou úlevu! A přece mne do morku kostí mrazilo pomyšlení, že nepatrným posunem mechanismu se mi ta břitká, lesklá sekyra zatne do hrudi. A proč mne tedy mrazilo, proč jsem se ještě chvěl a choulil? Byla to *naděje* – naděje i na skřipci triumfující, naděje, která tiše promlouvá k odsouzencům na smrt i v žalářích inkvizice.

Poznal jsem, že zbývá deset, snad dvanáct rozmachů a ocel se dotkne mého šatu – a jakmile jsem si to uvědomil, prostoupil mé nitro onen zbystřený, soustředěný chlad, jaký provází zoufalství. Po mnoha hodinách a snad dnech jsem zase *přemýšlel*. Teď mě napadlo, že řemen, kterým jsem omotán, je z jediného kusu. Žádný provaz, nic jiného mne nepoutalo. Stačí tedy jeden úder břitkého srpku do kteréhokoli dílce řemenu – a pouto je rozťato; pak je mohu levou rukou snadno stáhnout s těla.

Ale jak hrozivě blízko by ocel švihala! Jen malinko se vzepřít znamenalo by smrt! Ale cožpak by pochopové inkvizice tuto možnost nepředvídali? Cožpak by jí nezabránili? A křižuje se pouto na mé hrudi právě s drahou kyvadla? V předtuše, že se má chabá a patrně poslední naděje rozplyne, zvedl jsem hlavu natolik, abych si viděl na hruď. Popruh obepínal mé údy a tělo křížem krážem – *jenom ne v dráze smrtonosné sekery!*

Sotva mi hlava klesla do dřívější polohy, blesklo mi cosi myslí, co bych mohl nejspíš označit jako druhou část oné nedomyšlené spásné myšlenky, o níž jsem se zmínil, jejíž úryvek mi mlhavě prolétl myslí, když jsem k rozpáleným rtům zdvihl pokrm. Teď už tedy byl nápad celý – sice temný, snad trochu šílený, nevyhraněný, přece však úplný. S horečnou pílí zoufalce začal jsem jej okamžitě uskutečňovat.

Již dlouho se nejbližší okolí nízkého rámu, na němž jsem ležel, doslova hemžilo krysami. Byly divoké, drzé, lačné, civěly na mne rudýma očima, jako by se nemohly dočkat, až se na mne vrhnou, jakmile se přestanu hýbat. „Co asi jsou zvyklé žrát v té jámě?" pomyslel jsem si.

Třebaže jsem je vší mocí hleděl odehnat, zhltaly bezmála všechno mé jídlo. Bez ustání jsem nad miskou mával či kroužil rukou, ale pro svou bezděčnou jednotvárnost přestal pohyb posléze působit. Ta žravá chamraď se mi co chvíli zahryzávala do prstů. Potřel jsem teď zbytky toho mazlavého ostrého pokrmu svá pouta, kam jsem jen na ně dosáhl; pak jsem zdvihl ze země ruku a zůstal strnule, bez dechu ležet.

Změna – ta náhlá nehybnost – hladovou havěť zprvu poplašila, postrašila. Některé z krys bázlivě ucouvly, mnohé se vrhly do jámy. To však trvalo jen chvilku. Nadarmo jsem nespoléhal na jejich nenasytnost. Jakmile zpozorovaly, že se nehýbám, vyskočilo jich pár nejdrzejších na mou pryčnu a čichaly k popruhu. To byl zřejmě signál k hromadnému náporu. Nové a nové hordy se hrnuly z jámy. Vydrápaly se na rám, ztekly jej a po stovkách se vrhaly na mé tělo. Pravidelný pohyb kyvadla je ani trochu nerušil. Uhýbaly jeho úderům a hleděly si pomazaných pout. Jejich rostoucí houfy na mne nalehly, zaplavily mne. Svíjely se mi na hrdle, studenými čumáky mi očichávaly ústa, dusily mne těžkými těly, drtily mi hruď hnusem, pro jaký svět nemá jméno, zmrazovaly mi srdce neodbytným slizem. Avšak cítil jsem, že stačí ještě chvilku vydržet – a mám vyhráno. Zřetelně jsem cítil, jak pouto povoluje. Věděl jsem, že se na několika místech již rozpadlo. S nadlidským úsilím jsem zůstával bez hnutí ležet.

A nechybil jsem ve svých výpočtech, nevytrval jsem nadarmo. Konečně jsem pocítil, že jsem *volný*. Popruh mi v cárech splýval z těla. Avšak kyvadlo již dotíralo na mou hruď. Rozťalo tkaninu na kutně. Prořízlo mi košili. Ještě dvakrát švihlo – všemi cévami projela mi ostrá bolest. Avšak nadešel okamžik úniku. Mávl jsem rukou a mé osvoboditelky se chvatně rozprchly. Pak jsem se zvolna, neúhybně, obezřetně, jen bočním pohybem a přikrčen, sunul z objetí pouta a z dosahu handžáru. Zatím jsem byl *volný!*

Volný – v chapadlech inkvizice! Sotva jsem slezl z té pryčny hrůzy na kamennou žalářní dlažbu, přestal se pekelný stroj hýbat a viděl jsem, jak jej neviditelná síla vytahuje stropem. To byla výstraha, která se mi zaryla do duše. Nepochybně jim neušel jediný můj pohyb. Volný! Zatím jsem unikl smrti za agonií jednoho druhu, ale jistě jsou pro mne přichystána muka nová a horší než sama smrt. S tímto pomyšlením jsem se těkavě rozhlížel po železném ostění, které mne uzamykalo. S mým žalářem se něco stalo – něco neobvyklého – jakási změna, kterou jsem zprvu jasně nepostřehl. Chvíli jsem jen nepřítomně bloumal, chvěl se a hroužil do planých, nesouvislých dohadů. Tu jsem si také poprvé všiml, odkud se line ta sirnatá záře osvětlující celu. Vycházela ze škvíry asi půl palce široké, která se táhla kolem celé spodní hrany stěn. Tato škvíra jako by oddělovala – a ukázalo se, že opravdu odděluje – stěny od podlahy. Pokoušel jsem se, ovšem bez výsledku, tím otvorem podívat.

Když jsem se vzpřímil, pochopil jsem náhle záhadnou proměnu své kobky. Již jsem se zmínil o tom, že obrysy postav na stěnách byly docela zřetelné, jen jejich barvy mi připadaly rozplizlé a neurčité. Barvy teď začaly intenzivně prozařovat, takže strašidelné, satanské postavy dostávaly výraz, jaký by rozdrásal i silnější nervy, než jaké jsem měl já. Ze všech koutů, kde jsem předtím nic netušil, zíraly na mne tisíceré démonské oči s tak zuřivou, úděsnou životností, hořely takovým zlověstným žárem, že jsem marně přemáhal obraznost, aby v nich viděla něco neskutečného.

*Neskutečného!* Vždyť jsem už pouhým dechem nabíral do chřípí pach rozžhaveného železa! Vězení prostoupil dusivý zápach. Každou vteřinu žhnuly temněji ty oči, zírající na má muka. Obrysy krvavých hrůz rozlévaly stále sytější nach. Zalykal jsem se, lapal po dechu! Již jsem prohlédl záměr svých mučitelů – těch neoblomitelných, těch nejsatanštějších ukrutníků! Uskočil jsem před žhavým kovem doprostřed cely. Když jsem si pomyslil, jak se co nevidět uškvařím žárem, představa studené studně mne blažila jako balzám. Vrhl jsem se k jejímu zejícímu kraji. Ztrhaným zrakem jsem upřeně pohlédl dolů. Záře z rozpálené klenby prosvítila její nejzazší kouty. Ale má mysl se ještě zoufalou vteřinu bránila přijmout dosah toho, na co jsem hleděl. Nakonec si to však prodralo, proklestilo cestu do mé duše – propálilo se to do mého zděšeného mozku. Ó kde je hlas, který to vypoví! Ó hrůzo! Ó raději všechny hrůzy světa – jen tuto ne! S výkřikem jsem prchal od propasti – zakryl si dlaněmi tvář a hořce se rozplakal.

Žár rychle sílil. Opět jsem vzhlédl – a roztřásl se jako v záchvatu zimnice. Žalář se proměnil podruhé – tentokrát se změnil jeho *tvar.* Jako prve jsem se zpočátku snažil pochopit, co se děje. Ale dlouho mne na pochybách nenechali. Můj dvojí únik podráždil pomstychtivost inkvizitorů a teď je tedy konec všem žertům s Králem děsu. Prostor býval čtvercový. Teď jsem viděl, že dvě železné stěny tvoří ostrý úhel – a dvě pochopitelně tupý. S rachotivým, sténavým lomozem se děsivá proměna dovršovala. Tvar kobky se ve chvilce zešikmil v kosočtverec. Ale tím proměna nekončila – již jsem ani nedoufal, ba ani si nepřál, aby skončila. Rád bych byl přitiskl rudé stěny k své hrudi jako plášť věčného míru. „Chci smrt," říkal jsem si, „jakoukoli smrt – jen ne smrt v jámě!" Já blázen! Což mi dosud nenapadlo, že planoucí železo mě má zahnat *právě do jámy?* Cožpak bych vydržel ten žár? A kdybych i vydržel, mohl bych vzdorovat jeho tlaku? A kosočtverec se teď zužoval tak rychle, že už jsem neměl čas uvažovat. Jeho střed a tedy i nejširší část byly právě nad rozšklebenou prohlubní. Uskočil jsem – avšak svírající se stěny tlačily mne neodbytně dál. Mé zprahlé, uzmítané tělo nemělo posléze už ani coul pevné půdy pod nohama. Přestal jsem bojovat, má zmučená duše však dobojovala ještě jediným mocným, dlouhým a posledním výkřikem zoufalství. Cítil jsem, že vrávorám na samém okraji – odvrátil jsem oči – –

Ozval se zmatený šum lidských hlasů! Ryčný jek mnoha polnic! Dunivé rachocení tisícerých hromů! Natažená ruka zachytila moji ruku, právě když jsem v mdlobách klesal do propasti. Byla to ruka generála Lasalla. Francouzská armáda vstoupila do Toleda. Inkvizice byla v rukou svých nepřátel.

# SUD VÍNA AMONTILLADSKÉHO

Bezpočet příkoří, jimiž mne Fortunato sužoval, jsem snášel trpělivě; jakmile se však opovážil urážet mě, zapřisáhl jsem se, že se mu pomstím. Vy, kteří tak dobře znáte mou pravou povahu, zajisté nepředpokládáte, že jsem svou hrozbu vyslovil nahlas. Jednou, až nastane čas, pomsta přijde – to jsem si nezvratně umínil; a právě nezvratnost tohoto rozhodnutí mi zapovídala riskovat nezdar. Musím nejen trestat, musím trestat beztrestně. Křivda zůstává neodčiněna, jestliže se odplata vymstí tomu, kdo odplácí. A právě tak zůstává neodčiněna, jestliže se mstitel neodhalí jako mstitel tomu, kdo se křivdy dopustil.

Fortunatovi jsem tedy pochopitelně ani slovem, ani skutkem nezavdal příčinu k pochybám o své přízni. Dál jsem se na něho, jak jsem byl navyklý, přívětivě usmíval a on nepostřehl, že můj nynější úsměv platí již oběti mé budoucí pomsty.

Měl jednu slabou stránku – tenhle Fortunato –, třebaže jinak budil respekt, ba někdy i strach: byl velice pyšný na to, jak se vyzná ve vínech. Jen málo Italů má opravdu vytříbený vkus. Většinou se jejich znalecké zanícení přizpůsobuje době a příležitosti – slouží často jen tomu, aby omráčilo britské a rakouské milionáře. Pokud se týká obrazů a šperků, byl Fortunato jako jeho krajané šarlatán – ale u starých vín rozpoznal pravou hodnotu. V tomto ohledu jsem se s ním celkem shodoval; sám jsem měl dobrý čich pro vzácná italská vína a nakupoval jsem je, kde se jen dalo.

Potkal jsem přítele jednou večer, téměř už za šera, v době, kdy vrcholilo bláznovství karnevalu. Oslovil mě s vřelostí, která prozrazovala, že už hodně vypil. Byl v šaškovském úboru. Měl na sobě přiléhavý, strakatě pruhovaný trikot a hlavu mu zdobila kornoutová čepička s rolničkami. Byl jsem tak rád, že ho vidím, že jsem si až přál, abych mu byl nikdy v životě nestiskl ruku.

Řekl jsem mu: „To je ale štěstí, můj milý Fortunato, že vás potkávám. Vypadáte dnes opravdu skvěle. Ale poslyšte, získal jsem sud vína, má to být amontillado a já jsem trochu na pochybách."

„Cože?" zvolal. „Amontillado? Sud, říkáte? Vyloučeno! Teď, uprostřed karnevalu!"

„Mám jisté pochyby," odvětil jsem; „a byl jsem ke všemu tak hloupý, že jsem zaplatil plnou cenu, aniž jsem se s vámi poradil. Nebyl jste nikde k nalezení a já jsem se bál, že z koupi sejde."

„Amontillado!"

„Mám jisté pochyby."

„Amontillado!"

„A musím je rozptýlit."

„Amontillado!"

„Vy ale na mne nemáte čas. Nu, zajdu za Luchesim. Jestli někdo umí kriticky posoudit víno, pak je to on. Však mi řekne –"

„Luchesi nerozezná amontillado od sherry."

„A vidíte: někteří blázni tvrdí, že se jeho koštéřské schopnosti vyrovnají vašim."

„Nu, pojďme tedy."

„Kam?"

„Do vašich sklepů."

„Ne, ne, příteli, nemohu zneužívat vaší dobroty. Vidím, že jste se už někde zadal. Luchesi –"

„Nikde jsem se nezadal. Pojďte."

„Ne, ne, příteli. Snad jste se tedy nezádal, ale jak pozoruji, jste ošklivě nachlazen – a mé sklepy jsou nesnesitelně vlhké. Stěny jsou povlečeny ledkem."

„Nevadí, pojďme! Nachlazení nestojí za řeč. Amontillado! Podvedli vás. A co se Luchesiho týká, ten člověk nerozezná sherry od amontillada."

Při těchto slovech mne Fortunato pevně uchopil za paži. Nasadil jsem si černou hedvábnou masku, zahalil se co nejúžeji do své pláštěnky a dal se chvatným krokem vésti do svého paláce.

Služebnictvo v domě nebylo; potají se odtud vykradlo, aby si užilo masopustních radovánek. Oznámil jsem jim, že se do příštího rána nevrátím a výslovně jim přikázal, aby se na krok nehnuli z domu. Dobře jsem věděl, že tento příkaz je pro ně dostatečným pokynem, aby okamžitě do jednoho zmizeli, jakmile vytáhnu paty.

Vzal jsem z nástěnného svícnu dvě pochodně, jednu jsem podal Fortunatovi a řadou komnat jsem ho odvedl ke klenutému průchodu, jímž se vcházelo do sklepení. Požádal jsem ho, aby mě obezřetně následoval, a vykročil jsem dolů po dlouhém točitém schodišti. Konečně jsme stanuli na vlhké půdě katakomb rodu Montresorů.

Můj přítel nešel příliš pevným krokem a rolničky na jeho čapce při chůzi pocinkávaly.

„Co ten sud?" otázal se.

„Je ještě o kus dál," řekl jsem; „ale. podívejte, jak z těch dutin ve zdi září bílé pavučiny!"

Otočil ke mně hlavu a upřel na mne dvě kalné bulvy, zalité mázdrou opojení.

„Ledek?" zeptal se po chvíli.

„Ledek," odvětil jsem. „Jak dlouho už máte ten kašel?"

„Uf, uf, uf! Uf, uf, uf!" kašlal můj nebohý přítel a několik minut se nezmohl na odpověď.

„To nic není," řekl posléze.

„Pojďte," řekl jsem rozhodně, „vrátíme se. Vaše zdraví je drahocenná věc. Jste bohatý, vážený, obdivovaný, milovaný; jste šťastný, jak jsem býval i já, jste člověk, kterého by těžce postrádali. Na mně teď nesejde. Vrátíme se – vždyť se roznemůžete, a to si nemohu vzít na svědomí. A kromě toho je tu ještě Luchesi –"

„Nechte toho," řekl, „ten kašel nestojí za řeč, nezabije mě, nebojte se. Na kašel nezemřu."

„Tak – pravda," řekl jsem. „Nechtěl jsem vás namouvěru zbytečně plašit, ale přesto byste si měl dát na sebe dobrý pozor. Doušek tady toho médoku nás ochrání proti vlhkosti."

Přitom jsem urazil hrdlo láhve, kterou jsem vytáhl z dlouhé řady jejích družek rozložených po zemi.

„Pijte," řekl jsem a nabídl mu víno.

S potutelným úsměvem zvedl láhev ke rtům. Na chvilku se odmlčel a důvěrně na mne kývl – rolničky opět zacinkaly.

„Připíjím těm," pravil, „kteří tu kolem nás leží zakopáni."

„A já na vaše zdraví – ať dlouho žijete!"

Znovu mne uchopil za paži a kráčeli jsme dál.

„Tyhle kobky," pravil, „se táhnou daleko."

„Montresorové," odvětil jsem, „byli velký a početný rod."

„Nevzpomínám si na váš erb."

„Je to velká zlatá noha na azurovém poli; noha drtí vzpínajícího se hada, jehož zuby se zatínají do její paty."

„A heslo?"

„*Nemo me impune lacessit.*"[1]

---

[1] (lat.) – Nikdo mne neurazí beztrestně.

„Skvělé!" pravil.

Víno mu jiskřilo v očích, rolničky na čapce cinkaly. Médoc mi rozněcoval fantazii. Procházeli jsme podél valů nakupených kostí, podél zdí lemovaných sudy a soudky, do nejodlehlejších koutů katakomb. Opět jsem se zastavil a tentokrát jsem se osmělil uchopit Fortunata za paži nad loktem.

„Ledek!" řekl jsem. „Vidíte, přibývá ho. Lne ke klenbě jako mech. Jsme pod úrovní řečiště. Mezi kostmi prosakuje vlhkost. Pojďte, vrátíme se, než bude pozdě. Váš kašel -"

„To nic není," řekl, „pojďme dál. Ale předtím bych se posilnil ještě jedním douškem médoku."

Otevřel jsem jako prve láhev De Grâve a podal mu ji. Celou ji naráz vypil. V očích mu divoce zablýsklo. Zasmál se a vyhodil láhev ke stropu s posunkem, kterému jsem nerozuměl.

Překvapeně jsem na něho pohlédl. Zopakoval ten pitvorný pohyb.

„Pochopil jste?"

„Ne, nepochopil," odvětil jsem.

„Pak nepatříte k bratrstvu."

„K jakému?"

„Nejste svobodný zednář."

„Ale ano, jsem, jsem," ujistil jsem ho.

„Vy? Vyloučeno! Zednář?"

„Zednář," pravil jsem.

„Znamení," řekl, „znamení."

„Zde je," pravil jsem a vytáhl ze záhybu svého rokeloru zednickou lžíci.

„Vy žertujete," zvolal a o několik kroků couvl. „Ale pojďme dál – musíme za tím naším amontilladem."

„Budiž," řekl jsem a ukryl nástroj znovu pod plášť.

Fortunato se ztěžka opřel o mou paži, kterou jsem mu opět nabídl. Vykročili jsme na další pouť za sudem amontillada. Prošli jsme řadou nízkých průchodů, sestoupili níž, znovu se proplétali chodbami a konečně nás cesta svedla do hluboké krypty, kde byl tak dusný vzduch, že zde pochodně spíš jen doutnaly, než planuly.

V nejzazším konci krypty byla ještě jedna, ne tak prostorná hrobka. Její stěny byly vroubeny lidskými pozůstatky, naskládanými vysoko do stropní klenby na způsob pověstných katakomb pařížských. Tři stěny této vnitřní hrobky byly dosud takto vyzdobeny. Ze čtvrté byly kosti strhány a válely se volně po zemi; na jednom místě se kupily do rozměrné haldy. V této obnažené, kostí zbavené zdi bylo vidět další výklenek, hluboký asi čtyři stopy, široký tři a vysoký šest až sedm stop. Nebyl zřejmě zbudován k žádnému zvláštnímu účelu, měl pouze vyplňovat mezeru mezi dvěma obrovskými podpěrami katakomb. Za ním se tyčila mohutná žulová stěna, která katakomby kolem dokola obepínala.

Marně zvedal Fortunato matnou pochodeň, marně napínal zrak, marně mžoural do nitra výklenku. V chabém světle nedohlédl na jeho slepou stěnu.

„Jen dál," řekl jsem, „amontillado je na dosah. Luchesi ovšem -"

„Luchesi je žabař," přerušil mne přítel a zavrávoral vpřed. Byl jsem mu v patách. Za okamžik se octl na konci mělkého prostoru, a když seznal, že má před sebou kámen, vyjeveně zůstal stát. Vzápětí jsem ho připoutal k žulové stěně. Čněly z ní dvě železné svory, vzdálené od sebe asi dvě stopy. Z jedné visel krátký řetěz, z druhé visutý zámek. Přehodil jsem mu řetěz kolem pasu a ve vteřině jej zaklínil do zámku a zamkl. Přítel byl příliš ohromen, aby se bránil. Vytáhl jsem klíč a vystoupil z výklenku.

„Přiložte ruku na stěnu," řekl jsem. „Cítíte ledek? Je tu opravdu velmi vlhko. Naposledy vás zapřísahám: vraťme se! Ne? Pak vás tu tedy musím pohříchu nechat. Dřív vám ale musím prokázat několik drobných úsluh – udělám, co bude v mé moci."

„Amontillado!" vykřikl přítel, který se z úžasu dosud nevzpamatoval.

„Vidíte," řekl jsem, „amontillado!"

Při těchto slovech jsem se obrátil k hromadě kostí, o níž jsem se zmínil. Rozhrnul jsem ji a záhy se pod kostmi objevilo množství stavebního kamene a malty. Vytáhl jsem zednickou lžíci a horlivě se pustil do díla: začal jsem zazdívat vchod do výklenku.

Sotva jsem položil první vrstvu zdiva, povšiml jsem si, že z Fortunata opojení do značné míry vyprchalo. Prvním náznakem jeho vystřízlivění bylo tiché zasténání z hloubi výklenku. Nebyl to nářek opilého člověka. Pak se rozhostilo dlouhé, úporné ticho. Položil jsem druhou vrstvu, pak třetí a čtvrtou; a potom jsem uslyšel zběsilé škubání řetězem. Lomoz trval několik minut, a abych mu mohl naslouchat s větším požitkem, nechal jsem práce a posadil se na haldu kostí. Když řinčení posléze utichlo, znovu jsem se chopil lžíce a bez přerušení jsem položil pátou, šestou a sedmou vrstvu. Zeď dosahovala teď bezmála k mé hrudi. Opět jsem ustal v práci, pozvedl pochodeň nad své dílo a matným svitem ozářil postavu uvnitř.

Ostré, ječivé skřeky, jež vyrazily z hrdla spoutaného, jako by mne svou silou prudce odhodily od zdi. Chvilku jsem váhal – roztřásl jsem se. Vytáhl jsem z pochvy rapír a začal jím tápat po výklenku. Pak mi hlavou bleskla uklidňující myšlenka: položil jsem ruku na pevný kámen katakomb a opět nabyl rovnováhy. Znovu jsem se přiblížil ke zdi. Začal jsem znenáhla odpovídat na domáhavé výkřiky zazdívaného. Opakoval jsem je jako ozvěna – přidával se k nim – překřikoval, znásoboval je v síle i průzračnosti. Poté křikloun utichl.

Byla již půlnoc a mé dílo spělo k závěru. Osmá, devátá a desátá vrstva byly hotovy. Dokončil jsem bezmála i poslední, jedenáctou vrstvu. Zbývalo položit a omítnout jediný kámen. Zápasil jsem s jeho tíhou. Zčásti jsem jej zasunul na určené místo. Tu se však z nitra výklenku ozval tichý smích, při kterém se mi zježily vlasy na hlavě. Po něm následoval truchlivý hlas, v němž jsem stěží rozeznával hlas vznešeného Fortunata:

„Hahaha! Hehehe! Podařený kousek, namouduši, skvělý žertík! Však se mu v paláci nasmějeme – hehehe! – až si nalejeme vína – hehehe!“

„Amontillada!“ řekl jsem.

„Hehehe! Hehehe! Ano, amontillada. Ale nepřipozdívá se? Neočekávají nás v paláci – signora Fortunato a ostatní společnost? Už abychom odtud zmizeli!“

„Ano,“ řekl jsem, „už abychom zmizeli.“

*„Pro lásku boží, Montresore!“*

„Ano,“ řekl jsem, „pro lásku boží!“

Na tato slova jsem však marně čekal odpověď. Začal jsem být netrpělivý. Zvolal jsem hlasitě:

„Fortunato!“

Žádná odpověď. Opět jsem zavolal:

„Fortunato!“

Stále nic. Prostrčil jsem pochodeň poslední zbylou škvírou a vhodil ji dovnitř. Místo odpovědi zacinkaly jen rolničky. Srdce se mi sevřelo – to asi ta vlhkost katakomb. Už aby bylo po všem. Chvatně jsem zasunul poslední kámen do patřičné polohy a ohodil jej maltou. Podél nové zdi jsem znovu navršil starou hradbu z kostí. Půl století se jí žádný smrtelník nedotkl. *In pace requiescat!*

# BERENICE

*Dicebant mihi sodales, si sepulchrum amicae visitarem,*
*curas meas aliquantulum fore levatas.*[1]
Ibn Zijád

Strast má mnoho tváří. Bída světa mnoho podob. Klene se nad širým obzorem jako duha, má barvy právě tak různorodé jako ten oblouk – právě tak členěné, a přece právě tak důvěrně prolínavé. Klene se nad širým obzorem jako duha. Jak jen mohu z pojmu krásy odvodit předobraz ošklivosti? Ze znamení míru podobenství žalu? Ale tak jako v etice je zlo následkem dobra, tak v životě radost plodí žal. Buď je vzpomínka na minulou slast dnešní mukou, anebo se útrapy, které prožíváme, zrodily z rozkoší, které jsme *prožívat mohli.*

Mé křestní jméno je Egeus, rodinné jméno vám neprozradím. Ale v celé zemi není starobylejších zdí, než jsou dvorany mého ponurého, šerého rodného hradu. Říká se o nás, že jsme rodem blouznivců, a věru je mnoho zarážejících a přesvědčivých důkazů této pověsti – vnější podoba rodinného sídla, fresky v přijímacím salonu, čalouny v ložnicích, tesané pilíře v zbrojnici, ale zejména galerie starých obrazů, sama architektura knihovny a konečně i prapodivný výběr knih.

Vzpomínky z nejranějších let jsou spojeny s tímto pokojem a s jeho svazky – o těch však nechci hovořit. Zde zemřela moje matka. Zde jsem se narodil. Ale jak plané a pohodlné je tvrdit, že jsem nežil už dřív, že du-

[1] (lat.) – Říkali mi druhové, že navštívím-li hrob své milé, mým strastem se trochu uleví.

še nemá předživotní existenci. Vy to popíráte? Nechme to na pokoji! Sám jsem o tom přesvědčen, ale nemíním přesvědčovat druhé. Mám v sobě vzpomínku na éterické bytosti, na oduševnělé, výmluvné oči; na melodické, a přece smutné tóny; vzpomínku, kterou nelze potlačit, vzpomínku jako stín mlhavou, proměnnou, neurčitou, nestálou a jako stín nezapuditelnou, dokud bude svítit slunce mého rozumu.

V tomto pokoji jsem se narodil, zde jsem procitl z dlouhé noci jistě jen zdánlivé nicoty přímo do pohádkových končin, do paláce fantazie, do přeludných říší mnišského rozjímání a učenosti. A není divu, že jsem kolem sebe těkal užaslým, dychtivým zrakem, že jsem v knihách proležel své chlapectví a prosnil mládí – ale je podivné, že léta míjela a zralý věk zastihl mne dosud v sídle otců, je podivuhodné, jaký kal zavalil prameny mého žití, podivuhodné, jaký závratný zlom nastal v povaze mého dennodenního myšlení. Skutečnosti světa na mne působily jako přeludy a jen jako přeludy, ale nespoutané představy z říše snů se oplátkou nestaly obsahem mé všední existence, staly se vpravdě naprostou a jedinou mou existencí.

Berenice byla má sestřenka – vyrůstali jsme spolu v otcovských zdech. Ale rostli jsme každý jinak – já s chatrným zdravím, pohroužen do chmur, ona čilá, líbezná, překypující svěžestí; ráda se toulávala po kopcích – já jsem si oblíbil osamělé hloubání; já, uzamčen do vlastního srdce, tělem i duší pohroužen do hlubokých, úmorných meditací – zatímco ona lehce těkala životem a nikdy nepomyslila na stíny křížící cestu nebo na tichý let černokřídlých nočních hodin. Berenice! – volám její jméno – Berenice! – a z šedých ruin paměti rázem vyburcuji tisíce vzrušených vzpomínek. Ach, jak živý je teď její obraz přede mnou – jako v dávných dobách jejích bezstarostných radovánek! Ó nádherná a přece tak fantastická kráso! Ó sylfo v kouzelných křovinách arnheimských! Ó najádo v arnheimských studních! A náhle vše zahalí tajemství a hrůza, ze všeho je příběh, který lépe nevyprávět. Choroba, smrtelná choroba zachvátila jako smršť její tělo – před mýma žasnoucíma očima ji přepadla změna, prostoupila její mysl, vlastnosti, povahu a rozleptávala zákeřným, strašlivým způsobem i samu podstatu jejího bytí! Běda – ničitelka přišla a odešla – a oběť – kam se poděla? Nepoznával jsem ji – anebo jsem v ní už nepoznával Berenice!

V té předlouhé řadě neduhů, které se přidružily k oné osudné a hlavní chorobě, jež tak úděsně zvrátila celou sestřenčinu bytost, byla snad nejmučivější a nejúpornější jakási padoucnice, končící mnohdy *transem* – transem, který se podobal smrti a z kterého obvykle procitala s otřesnou náhlostí. A zatím má vlastní nemoc – bylo mi řečeno, že svůj stav nemám zvát jinak –, tedy má vlastní nemoc mne rychle zachvacovala a posléze propukla v dosud neznámé, podivné podobě maniacké posedlosti, která ve mně hodinu co hodinu rostla a sílila a nakonec si mne nepochopitelně zcela podmanila. Tato monománie, musím-li tomu tak říkat, spočívala v chorobné vznětlivosti duševních vlastností, které metafyzikové označují jako *soustředění.* S největší pravděpodobností mi nerozumíte, ale obávám se, že není prostředků, jimiž bych pouze průměrnému čtenáři sdělil představu o tom niterném, vášnivém *zaujetí,* s nímž se mé uvažovací schopnosti (abych nemluvil příliš odborně) hroužily a propadávaly do pozorování i těch nejobyčejnějších předmětů tohoto světa.

Hodiny a hodiny neúnavně dumat nad nějakou titěrnou drobností na okraji či v tisku knihy; většinu letního dne probloumat nad kuriózním stínem dopadajícím šikmo na čaloun či podlahu; probdít celou noc civěním do nehasnoucího plamene lampy nebo žhavého popela; prosnít dny nad vůní květiny; jednotvárně opakovat nějaké banální slovo, až ten zvuk věčnou repeticí přestane mysli sdělovat jakýkoli pojem; dlouhým, úporným znehybněním ztrácet pocit pohybu či fyzické existence – to je jen několik z běžných a méně zhoubných vrtochů, které mi připravil můj duševní stav – stav, který jistě postihl i jiné, ale který se vymyká jakémukoliv rozboru či vysvětlení.

Ale aby mi nebylo špatně rozuměno: tuto nepřiměřenou, vážnou, chorobnou pozornost, probouzenou podněty v jádře nicotnými, nelze zaměňovat s hloubavým sklonem, vlastním lidem všeobecně a zvláště lidem s vnímavou obrazotvorností. A nebyl to ani – jak by se napohled zdálo – nějaký vypjatý, přehnaný stav takového sklonu, nýbrž něco zásadně a podstatně odlišného. V prvním případě se snílek nebo nadšenec zaujme obvykle něčím malicherným a pak to nevědomky ve spleti závěrů a úvah ztrácí z dohledu, až na konci snění – *často velmi slastného* – shledává, že *incitamentum* neboli prvotní podnět jeho zahloubání mu nadobro zmizel a vyprchal. U mne byl tento podnět *neúchylně malicherný*, třebaže se mému vyšinutému zraku jevil zkresleně a neskutečně významný. Ani jsem se nepokoušel o nějaké závěry a těch několik, ke kterým jsem přece jen došel, se vytrvale jako ke středu vracelo k námětu původnímu. Moje meditace *nikdy* nebyly příjemné, a když blouznění končilo, jeho podnět mi vůbec nezmizel z očí, naopak poutal nepřirozeně můj další zájem – tak příznačný pro celou chorobu. Zkrátka, u mne se probuzené duševní síly projevovaly, jak už jsem řekl, *soustředěním*, kdežto u ostatních *přemítáním*.

Má četba z té doby, třebaže duševní poruchu přímo neprovokovala, přece jen svou uvolněností a nedůsledností do značné míry spoluvytvářela příznačné rysy nemoci. Vzpomínám si zvláště na pojednání vznešeného Itala Coelia Secunda Curia *De Amplitudine Beati Regni Dei;* na veledílo sv. Augustina *Obec Boží;* a Tertulianovo *De Carne Christi;* po mnoho týdnů svého ničím neuspořádaného času jsem se marně mořil s výkladem tohoto paradoxního výroku z Tertulianova díla: *Mortuus est Dei filius; credibile est quia ineptum est: et sepultus resurrexit; certum est quia impossibile est.*[1]

Jak vidět, podobal se můj rozum, jejž srážely z rovnováhy jen nicotnosti, onomu ostrohu v moři, o němž vypráví Ptolemaios Hephestion: ten útes vzdoroval náporům lidské zloby i rozběsněným vodám a větrům, ale chvěl se pod dotekem květu jménem asfodel. Povrchnímu čtenáři se patrně zdá, že jsem v proměně *duševního* stavu Berenice – zaviněné onou nešťastnou chorobou – našel jistě četné podněty pro svou soustředěnost, úchylnou pozornost, jejíž povahu jsem se vám snažil objasnit – ale zdaleka tomu tak nebylo. V jasných okamžicích mé nemoci mne její neštěstí opravdu rmoutilo, z hloubi duše jsem se trápil nad zkázou jejího krásného, něžného života a často jsem s trpkostí přemýšlel o prapodivných příčinách toho nepochopitelně náhlého zvratu. Ale ty úvahy neměly nic společného s mou chorobnou,

[1] (lat.) – Zemřel syn boží; je to uvěřitelné, neboť je to nesmyslné: a pohřbený vstal z mrtvých; je to jisté, neboť je to nemožné.

výlučnou vnímavostí – mohly se za podobných okolností zrodit v hlavě kteréhokoliv smrtelníka. Má rozháraná mysl, věrna povaze své choroby, upínala se k méně důležitým, zato úděsnějším změnám v *tělesném* stavu Berenice – k tomu jedinečnému, zarážejícímu rozpadu její osobnosti.

V nejzářnějších dnech její nevyrovnatelné krásy jsem ji – to vím jistě – nemiloval. Ve své záhadné zvrácenosti jsem city *nikdy* neprožíval srdcem a vášně jsem *vždy* prožíval rozumem. Míhala se mi před očima v šedavém jitřním oparu – v hradbě stínů poledního lesa – v ztichlé noční pracovně – vídal jsem ji ne jako živou, dýšící Berenice, ale Berenice vysněnou; ne jako hmotnou pozemskou bytost, ale jako abstraktní pojem této bytosti; ne jako něco, co je možno obdivovat, ale co musím analyzovat; ne jako předmět lásky, ale jako téma pro temné, těkavé přemítání. Ale *teď* – teď jsem se chvěl v její přítomnosti, bledl jsem, když se ke mně blížila, s trpkou lítostí nad jejím zuboženým, zoufalým stavem jsem se rozpomínal, jak dlouho mne milovala, a v jedné nešťastné chvilce jsem jí slíbil manželství.

Když už se svatba blížila, seděl jsem jednoho zimního odpoledne – byl to jeden z těch mimořádně teplých, klidných a zamlžených dní, kterým se říkává *kojné krásné Alkyoné*[1] – ve vnitřní části pracovny a myslel jsem, že tu jsem sám. Ale zvedl jsem oči a přede mnou stála Berenice.

A nevím, co to bylo – proč se obrys její postavy tak neurčitě chvěl: – Byla to snad jen má vlastní vzrušená fantazie – zamlžený vzduch – neurčité přítmí v pokoji –

[1] Protože Jupiter dává v zimě dvakrát sedm teplých dní, nazvali lidé tento mírný a vlahý čas kojnou krásné Alkyoné. – (Simonides) – (Pozn. aut.)

šedé roucho, jež z ní splývalo? Nevím. Mlčela a já – já bych byl za nic na světě nepronesl slova. Kostmi mi projel ledový chlad, zachvátila mne nesnesitelná úzkost, duši zaplavila spalující zvědavost. Klesl jsem do křesla a bez dechu, bez hnutí zíral upřeně na její postavu. Ó běda – jak byla vyzáblá! Z dřívějších tahů nezbýval jediný stínek. Konečně jsem upřel planoucí oči na její tvář.

Měla vysoké čelo, velmi bledé, podivně jasné, a přes ně spadaly kdysi uhlově černé, dnes pronikavě žluté prstence kadeří, stínily prohlubně spánků a svou přízračností neladně kontrastovaly s truchlivým vzezřením celé tváře. V očích nebylo života ani lesku, zdálo se, že ani panenky v nich nejsou, a bezděky jsem uhnul jejich skelnému pohledu a zadíval se na tenké, seschlé rty. Pootevřely se – a v tomto tajemném úsměvu se před mýma očima zvolna odhalovaly *zuby* změněné Berenice. Ó Bože, kéž bych je byl nikdy nespatřil, anebo spatřiv je, kéž bych byl zemřel!

Vyrušilo mne zavření dveří – vzhlédl jsem – sestřenka z pokoje odešla. Ale z rozhárané kobky mého mozku – běda! – neodešel a nikdy neodejde – úděsně bílý, strašidelný přelud jejích zubů. Nespatřil jsem na nich jedinou poskvrnku – ani stínek na jejich sklovině – ani vroubek na jejich okrajích, a přece se mi za tu chvilenku jejího úsměvu vpálily do paměti. Viděl jsem je nyní dokonce zřetelněji, než jsem je viděl předtím. Zuby! – Zuby! – Zuby! Kam jsem jen pohlédl, všude byly, ve všech koutech, tak jasně, tak hmatatelně přede mnou – dlouhé, úzké, nesmírně bílé, a kolem nich se vlnily bledé rty jako při onom prvním strašlivém rozevření. Tehdy plně propukla má monománie, marně jsem se bránil jejímu podivnému, podmanivému účinku. Z tisícerých pozemských věcí poutaly mou mysl jen ty zuby. Posedle, zběsile jsem po nich toužil. Jediná jejich představa pohltila vše ostatní, jakýkoli jiný zájem. Jen ony – jedině ony se zjevovaly před mým duševním zrakem a svou výlučnou jedinečností staly se podstatou mého duševního života. Bral jsem je pomyslně do ruky, prohlížel ze všech úhlů, v každém osvětlení. Studoval jsem jejich vlastnosti, hloubal o jejich zvláštnostech, blouznil nad jejich pravidelností. Dumal jsem o jejich proměně a zachvěl jsem se, když jsem jim ve své fantazii přiznával schopnost cítění a vnímání a schopnost dokonce i bez pomoci rtů vyjadřovat myšlenky. O chůzi mademoiselle Sallé řekl kdosi výstižně: *„Que tous ses pas étaient des sentiments"* – a já jsem upřímně věřil o zubech Berenice, *que toutes ses dents étaient des idées.*[1] *Des idées!* Myšlenky! Ach to byla ona slabomyslnost, jež mne ničila! *Des idées!* – Ach ano, proto jsem po nich tak šílel! Cítil jsem, že se jich musím zmocnit – mám-li mít klid, má-li se mi vrátit rozum.

A tak mne zastihl večer – a pak přišla tma, chvíli nade mnou prodlela a odešla – vzešlo jitro – a již se znovu kupily mlhy druhé noci – a já jsem stále seděl bez hnutí v opuštěném pokoji – stále pohroužen do meditací – stále v strašlivé moci přízraku těch zubů, přízraku, který se s pronikavou, ohavnou zřetelností vznášel v proměnlivých světlech a stínech pokoje. Pak do mých snů dolehl výkřik hrůzy a děsu – a po chvilce se ozvaly vzrušené hlasy a mezi nimi tichý nářek zármutku či bolesti. Zvedl jsem se z křesla, otevřel dveře pracovny a spatřil v předpokoji plačící služebnou, která mi oznámila, že

[1] (fr.) – Že všechny její kroky byly city; – že všechny její zuby byly myšlenkami.

Berenice již není mezi živými. Časně zrána ji stihl záchvat padoucnice – a nyní na sklonku večera je již připraven její hrob i všechno ostatní k jejímu pohřbení.

Uvědomil jsem si, že sedím v knihovně a že zde opět sedím sám. Připadalo mi, jako bych zrovna procitl z jakéhosi zmateného a vzrušeného snu. Věděl jsem, že je půlnoc, a dobře jsem si uvědomoval, že Berenice je od západu slunce pohřbena. Ale o truchlivé době, která mezitím uplynula, jsem neměl určitou představu. Přece však vzpomínka na ni překypovala hrůzou – hrůzou o to hrůznější, že byla tak matná, a strachem o to strašnějším, že byl tak zmatený. V knize mého života byla to ohavná stránka – počmáraná mlhavými, hnusnými, nesrozumitelnými záznamy. Snažil jsem se je rozluštit, avšak marně. Přitom mi v uších bez ustání zazníval ječivý, pronikavý výkřik ženského hlasu jako duch již doznělého tónu. Něco jsem spáchal – co to bylo? Zeptal jsem se sám sebe nahlas a šepotavé ozvěny pokoje mi odpovídaly: *Co to bylo?*

Na stole vedle mne hořela lampa a blízko ní ležela malá skříňka. Nebylo na ní nic zvláštního, vídal jsem ji už dříve – patřila rodinnému lékaři. Jak se však octla zde, na mém stole, a proč jsem se zachvěl, když jsem na ni pohlédl? Nedovedl jsem si to vysvětlit. Posléze jsem se zahleděl na otevřenou stránku knihy a na větu v ní, která byla podtržena. Byla to podivná, ale přitom prostá slova básníka Ibn Zijáda: *Dicebant mihi sodales, si sepulchrum amicae visitarem, curas meas aliquantulum fore levatas.* Proč mi ale při čtení těchto slov vstávaly vlasy na hlavě a krev mi tuhla v žilách?

Na dveře pokoje pak někdo lehce zaklepal – a po špičkách vešel sluha, bledší než umrlec. Měl pohled šílený hrůzou a promlouval ke mně třaslavým, zastřeným, tichým hlasem. Co říkal? Slyšel jsem jen úryvky vět. Říkal cosi o zoufalém výkřiku, který rozbouřil noční ticho – o tom, jak se sběhl celý dům – jak všichni šli za tím zvukem. Náhle hovořil s příšernou zřetelností – šeptal mi o znesvěceném hrobu – o zohyzděném těle v rubáši, těle, které dosud dýchalo – dosud se chvělo – *dosud žilo!*

Ukázal na mé šaty – byly zablácené a zkrvácené. Mlčel jsem. Uchopil měkce mou ruku – byly v ní vyryty otisky lidských nehtů. Upozornil mne na jakýsi předmět opřený o stěnu. Chvíli jsem na něj civěl – byl to rýč. S výkřikem jsem skočil ke stolu a uchopil skřínku, která na něm ležela. Ale zaboha jsem ji nemohl otevřít a v rozechvění jsem ji pustil na zem; rozlétla se na kousky a z ní s chřestivým lomozem vypadlo několik zubařských nástrojů a mezi nimi se po celé podlaze roztrousilo dvaatřicet drobných, bílých alabastrových korálků.

# ZÁNIK DOMU USHERŮ

*Son cœur est un luth suspendu;*
*Sitôt qu'on le touche il résonne.*[1]
de Béranger

Po celý kalný, ponurý podzimní den, v němž se neozval jediný hlásek, v němž tísnivé mraky visely z nízké oblohy, projížděl jsem zcela sám na koni neobyčejně pustou končinou země a teprve s večerními stíny dorazil jsem na dohled k neblahému domu Usherů. Nevím proč – ale jak jsem jen na dům pohlédl, zaplavil mou duši nepřekonatelný stesk. Říkám nepřekonatelný, neboť jej nezmírnilo ani dojetí, to napůl slastné, poetické dojetí, s jakým prožíváme i nejčernější obrazy smutku a děsu v přírodě. Zahleděl jsem se na scenérii před sebou – na vlastní dům a prosté rysy krajiny kolem, na holé zdi, na prázdná, očím podobná okna, na pár trsů bujné ostřice, na několik bílých kmenů zetlelých stromů – hleděl jsem na to všechno s takovou sklíčeností v duši, jakou nemohu přirovnat k žádnému pozemskému zážitku; snad jen k rozčarování poživače opia, k tomu krutému skoku do všedního dne, kdy rouška snu ohavně spadne. Na srdce mi dolehl mrazivý chlad, skleslost, ošklivost – myšlenky prostoupila neskonalá pustota a ničím na světě nedokázal jsem vykřesat z fantazie špetku vznešenosti. Co to jen je, uvažoval jsem, co mne tak podlomilo při pohledu na dům Usherů? To byla záhada, kterou jsem nedovedl rozluštit; a nemohl jsem ani zaplašit šeré přeludy, které na mne v zamyšlení dotíraly. Musel

[1] (fr.) – Jeho srdce je loutna zavěšená; / sotva se ho dotkneš, zní.

jsem z nouze přijmout neuspokojivý závěr, že určitá seskupení i prostých přírodních jevů mají nepochybně moc takto na nás působit, avšak rozbor té moci je přece jen nad náš rozum. Pak jsem si řekl, že snad stačí pozměnit uspořádání scény či jen některých drobností v celkovém seskupení – a truchlivý dojem se zmírní anebo docela pomine. S touto myšlenkou jsem zabočil k sráznému břehu černého ponurého močálu, jehož lesklá hladina přiléhala až k obydlí, avšak s děsem ještě otřesnějším než prve hleděl jsem dolů, na obrácený, zrcadlový obraz šedé ostřice, přízračných kmenů, prázdných očí oken.

A přece jsem byl odhodlán pobýt v tomto truchlivém domě několik týdnů. Jeho majitel Roderick Usher býval jedním z druhů mých dětských her, ale od našeho posledního setkání uběhlo už mnoho roků. Nedávno jsem však na vzdáleném venkově dostal od něho dopis – dopis, na který pro jeho vášnivý, naléhavý tón nebylo možno odpovědět jinak než osobní návštěvou. Již rukopis prozrazoval nervové rozrušení. Pisatel hovořil o vážné tělesné chorobě – o duševní poruše, která ho prý sužuje – o vroucím přání spatřit mne, svého nejlepšího, ba jediného osobního přítele – v naději, že mu má milá společnost přinese v nemoci úlevu. A právě pro způsob, jakým mi to všechno sděloval, s jakou niternou naléhavostí mne o to žádal, nemohl jsem váhat a bez odkladu jsem uposlechl této – vím dobře – prapodivné výzvy.

Třebaže jsme jako hoši bývali důvěrnými kamarády, věděl jsem toho o svém příteli vskutku málo. Býval vždy přehnaně uzavřený. Byl jsem si však vědom, že jeho starobylý rod slul od nepaměti vzácnou citlivostí, která se už věky projevovala v četných jemných uměleckých dílech; v době nedávné pak o ní svědčí časté skutky štědré, a přece nevtíravé dobročinnosti a také náruživý zájem o hudbu, totiž spíše o její složitější formy, než o její obecně přijatou a srozumitelnou krásu. Dověděl jsem se také velmi pozoruhodnou věc, že kmen rodiny Usherů, odpradávna nesmírně vážený, nevydal ze sebe nikdy sebemenší trvalou poboční větev, jinými slovy, že celá rodina pochází, a kromě nepatrných a velmi dočasných výjimek pocházela, z jediné přímé linie. Když jsem pak přemítal o tom, jak dokonale se vlastnosti panství shodují s vlastnostmi rodu, o tom, jak se obojí během dlouhých staletí patrně navzájem ovlivňovalo, usoudil jsem, že snad právě tento nedostatek – ta chybějící poboční větev –, a tedy i neúchylné přenášení dědictví i jména z otce na syna, nakonec obě složky ztotožnily, takže dědičný titul splynul s podivným, dvojvýznamným pojmenováním „Dům Usherů". A tento pojem zahrnoval v myslích venkovských lidí, kteří ho užívali, zřejmě rodinu i rodinné sídlo.

Jak jsem již řekl, měl můj poněkud dětinský pokus – totiž že jsem pohleděl dolů na hladinu močálu – jediný účinek; zesílil první úděsný dojem. Není pochyby o tom, že čím silněji jsem si uvědomoval, jak mne zachvacuje strach – byl to pověrečný strach, proč to nepřiznat? – tím rychleji sám strach rostl. Dávno jsem věděl, že všechny pocity vyvolané hrůzou podléhají tomuto paradoxnímu zákonu; a snad tedy jen proto, když jsem zas odvrátil oči od obrazu ve vodě a upřel je přímo na dům, vyvstala mi v mysli zvláštní představa – představa opravdu tak absurdní, že ji uvádím, jen abych ukázal strhující moc těchto tísnivých prožitků. Vydráždil jsem do té míry svou obrazotvornost, že jsem opravdu uvěřil, že celou budovu i vše kolem ní obestírá ovzduší, které je vlastní jen sídlu a nejbližšímu okolí – ovzduší, které se v ničem nepodobá povětří kolem nás, ale vyvěrá ze ztrouchnivělých stromů, šedých zdí, zamlklého močálu – otravné, mystické výpary, tíživé a lezavé, takřka neznatelné, s nádechem barvy olova.

Setřásl jsem z mysli to, co *nemohlo* být ničím jiným než přeludem, a začal jsem zevrubně zkoumat skutečný vzhled budovy. Nejnápadnější se mi na ní zdála její nesmírná staroba. Věky ji notně znetvořily. Celý zevnějšek pokrývala drobounká plíseň, jejíž tkanivo splývalo v jemné spleti z okapů. A přece nedělal celek dojem nějakého mimořádného rozpadu. Nikde jsem neviděl pobořené zdivo, třebaže části dosud zcela zachovalé ostře kontrastovaly s jednotlivými kameny, které se již drolily. V mnohém mi to připomínalo klamnou soudržnost starého řezbářského díla, jež léta a léta trouchniví v opuštěném sklepě, nerušeno sebemenším závanem čerstvého vzduchu. Přes tyto povrchové známky sešlosti neprozrazovala stavba žádnou znatelnější nepevnost. Snad oko pátravého pozorovatele by odhalilo takřka neviditelnou trhlinu, která se klikatě táhla seshora dolů a ztrácela se posléze v kalné vodě močálu.

Když jsem si všechno prohlédl, přejel jsem po krátké hrázi k domu. Sluha mi odebral koně a já jsem vstoupil pod gotickou klenbu dvorany. Odtud mne komorník neslyšným krokem mlčky odváděl spletí temných chodeb k pracovně svého pána. Nedovedu si to vysvětlit, ale mnohé věci, které jsem cestou zahlédl, prohloubily nejasné pocity, o kterých jsem se zmínil. Předměty kolem mne, ať to byly řezby na stropech, chmurné čalouny na stěnách, ebenová čerň podlahy nebo fantasmagorické heraldické trofeje, které se při každém kroku rozřinčely, byly sice věci, na jaké jsem byl od dětství zvyklý – až jsem se zdráhal si přiznat, jak mi to je všechno běžné –, přece však jsem užasl nad neobvyklostí představ, které tyto obyčejné zjevy ve mně podnítily. Na jednom schodišti jsem se setkal s rodinným lékařem. Měl jsem dojem, že mu z tváře čiší jednak poťouchlost, jednak rozpaky. Poplašeně mne pozdravil a šel dál. Tu komorník rozevřel dveře a uvedl mne k pánovi.

Pokoj, do kterého jsem vstoupil, byl velmi prostorný a vysoký. Okna tu byla dlouhá, úzká, lomená a tak vysoko nad černou dubovou podlahou, že byla z místnosti naprosto nepřístupná. Mřížovím sem pronikaly chabé záblesky karmínových červánků, které zřetelněji ozařovaly jen nápadnější předměty nablízku; marně jsem se však namáhal dohlédnout do odlehlejších koutů komnaty či do výklenků klenutého, prolamovaného stropu. Po stěnách visely tmavé drapérie. Celkové zařízení bylo bohaté, ale nepohodlné, zastaralé a zchátralé. Povalovalo se tu mnoho knih a hudebních nástrojů, ty však dojem nikterak neoživovaly. Cítil jsem, že dýchám ovzduší smutku. Úděsný, niterný a nezaplašitelný stesk snášel se všude a vše prostupoval.

Jakmile jsem vstoupil, zvedl se Usher z pohovky, na které ležel natažený, a nadšeně, vřele mne uvítal. Zprvu mi napadlo, že je v tom až přemíra srdečnosti – jakási chtěnost znuděného světáka, avšak krátký pohled na jeho tvář mne přesvědčil o jeho naprosté upřímnosti. Usedli jsme, a když se chvílemi zamlčel, hleděl jsem na něj s pocitem zpola soucitu, zpola hrůzy. Opravdu neznám člověka, který by se v tak krátké době tak strašlivě změnil, jako se změnil Roderick Usher! Jen stěží jsem mohl uvěřit, že ta lidská troska přede mnou je totožná s druhem mých chlapeckých let. A přece rysy jeho tváře neztratily nic ze své pozoruhodnosti: mrtvolně popelavá pleť; oči velké, průzračné a nesrovnatelně třpytné; rty poněkud tenké a velmi bledé, přitom však nádherně vykrojené; nos jemného židovského tvaru s neobvykle širokým chřípím; něžně vykroužená brada, jen málo vyčnělá, zračící jistý nedostatek duševní energie; vlasy měkčí a tenčí než pavučina – tyto rysy spolu s nepřiměřeným rozpětím lebky nad spánky vytvářely zjev, na který nelze jen tak zapomenout. A hle, stačilo jen trochu vyšinout základní charakter jeho rysů a výraz, který kdysi vyjadřovaly, zaznamenal takovou změnu, že jsem byl na pochybách, s kým mluvím. Nejvíce jsem se ulekl, ba zděsil nynější příšerné bledosti pleti a nezemského lesku očí. Také své hedvábné vlasy nechával teď růst zcela nepěstěně, a když jsem viděl, jak mu jejich rozcuchané, tenounké praménky spíše povlávají, než splývají kolem tváře, nemohl jsem při vší snaze spojit jejich rozháranost s představou něčeho prostě lidského.

V chování mého přítele mne okamžitě zarazila jakási rozpolcenost – a nedůslednost; brzy jsem poznal, že pramení z matných a marných pokusů přemoci ustavičné chvění, nesmírně úzkostnou nervozitu. Na něco podobného jsem byl vlastně už připraven jednak jeho dopisem, jednak jsem si vybavil určité sklony patrné už v dětství, a také jsem mnohé poznal z jeho příznačné tělesné soustavy a temperamentu. Chvílemi se choval živě, chvílemi sklesle. Hlas mu rychle přecházel od zajíkavé nerozhodnosti (kdy v něm zdánlivě životní síla nadobro uhasínala), k jakési rázné stručnosti, vedené úsečným, důrazným, nespěchavým a dutým tónem – až k té ztěžklé, vnitřně rozkolísané, ale jinak perfektně modulované hrdelnosti, jakou slýcháme u zatvrzelých pijanů či nevyléčitelných kuřáků opia ve chvílích nejsilnějšího rozrušení.

Tímto způsobem hovořil o smyslu mé návštěvy, o tom, jak toužebně si přál mne vidět a jakou útěchu ode mne očekává. Dosti obšírně líčil povahu své choroby. Byla to podle jeho názoru vada vrozená a rodová, na kterou marně hledá lék – pouhá nervová předrážděnost, dodal zase vzápětí, která bezpochyby co nevidět přejde. Projevuje se řadou nepřirozených pocitů. Některé z nich, když je rozbíral, mne zaujaly i překvapily; ale možná že mne ovlivnily i jeho obraty a celkový způsob vyprávění. Trpěl až zrůdnou přecitlivělostí smyslů; snášel pouze jídla bez jakékoli chuti; mohl nosit šaty jen z určité látky; vůně všech květin ho odpuzovaly; sebeslabší světlo mu trýznilo oči; a z umělých zvuků mu nenaháněly hrůzu jen zvuky některých strunných nástrojů.

Poznal jsem, že je v područí jakéhosi zvráceného děsu. „Já zahynu," říkal, „já *jistojistě* zahynu na tuhle žalostnou slabost. To bude má smrt, ano, to a nic jiného. Děsím se všeho, co přijde, ale ne přímo toho, jen následků. Třesu se při pomyšlení, že se přihodí něco malicherného, nějaká hloupost, která přivolá tu nesnesitelnou úzkost. Nebezpečí se vlastně nebojím, bojím se jen jeho neúprosného následku – hrůzy. V tomhle vyčerpaném, zuboženém stavu cítím, že dříve či později přijde chvíle, kdy i s rozumem musím ztratit život, že jej ztratím v boji s odporným přízrakem, kterým je – STRACH."

Z jeho úryvkovitých, matných narážek jsem poznal i další podivný rys jeho duševního rozpoložení. Podléhal jistým nadsmyslným představám o domě, který obýval a z kterého se už dlouhá léta na krok nevzdálil – představám o působení sil, jejichž mystickou moc líčil příliš mlhavě, abych se zde o ní rozepisoval – představám o tom, jak prý si jisté vlastnosti již samé hmotné podstaty a tvary rodinného sídla, jimž byl tak dlouho vystaven, podmanily jeho duši, jak nakonec sama *hmotnost* šedých zdí a věží i kalného močálu, v němž se zrcadlily, ovládly duchovní základ jeho bytí.

Přece však připouštěl, byť nerad, že ona zvláštní zádumčivost, která ho tak zatěžuje, může mít do jisté míry přirozenější a daleko zřejmější původ: je to těžká a vleklá choroba, ba blížící se již smrt jeho vroucně milované sestry – jediné společnice po dlouhá léta – poslední a jediné příbuzné na světě. „Kdyby zemřela," řekl s trpkostí, na kterou nikdy nezapomenu, „zůstanu zde já, zoufalý a slabý, jako poslední potomek starého rodu Usherů." Za jeho řeči přešla zvolna lady Madeline (tak se totiž jeho sestra jmenovala) odlehlým zákoutím místnosti a zmizela, aniž mne zpozorovala. Hleděl jsem na ni s krajním úžasem, v němž bylo i trochu hrůzy, a přece jsem si tyto pocity vůbec nedovedl vysvětlit. Sledoval jsem ji, jak se vzdaluje, a všechno ve mně strnulo. Jakmile se za ní zavřely dveře, hledaly mé oči bezděčně a dychtivě tvář jejího bratra – ten však zabořil obličej do dlaní a viděl jsem, jak mu vyzáblé prsty ještě příšerněji zesinaly a jak mu jimi kanou proudy horoucích slz.

Lékaři lady Madeline si s její nemocí nevěděli již dlouho rady. Trvalá apatie, postupné vyčerpávání organismu, přechodné, ale časté záchvaty částečně kataleptické povahy – tak zněly nezvyklé diagnózy. Až dosud útrapám choroby statečně vzdorovala a až dosud nezůstávala trvale na lůžku; avšak na sklonku večera v den mého příjezdu ji ničivá moc hubitelky (jak mi v noci Usher nevýslovně rozechvěn oznámil) zlomila; i poznal jsem, že můj jediný kratičký pohled na ni byl patrně i pohledem posledním – že už ji víckrát, aspoň pokud bude naživu, nespatřím.

V příštích dnech jsem ani já, ani Usher její jméno nevyslovili; a po tu dobu jsem se všemožně snažil rozptýlit přítelovu melancholii. Malovali jsme a četli spolu anebo jsem s očarováním poslouchal, jak vášnivě improvizuje na svou výmluvnou kytaru. Avšak čím důvěrněji jsme se sbližovali, a tedy čím hlouběji jsem mohl proniknout do tajů jeho duše, s tím větší hořkostí jsem si uvědomoval, jak marná je veškerá snaha rozjasnit mysl, z které čiší temnota jako neměnná vrozená vlastnost a prostupuje všechny hodnoty duchovního i fyzického světa nekonečnou záplavou smutku.

Nikdy mi nevymizí z paměti ty unášející hodiny, které jsem trávil s pánem Usherova domu. Přece však bych se nadarmo namáhal přesněji objasnit povahu našich studií či jiných aktivit, jimiž jsme se zabývali a do kterých mne zasvěcoval. Vznětlivá, chorobná představivost vrhala na vše infernální svit. Navždy mi budou znít v uších jeho dlouhé improvizované žalozpěvy. Zvláště truchlivou vzpomínku jsem si zachoval na jednu podivně přetvořenou a rozvedenou verzi divoké melodie posledního Weberova valčíku. O obrazech, v nichž si jeho složitá fantazie libovala, které se každým tahem štětce rozplývaly ve větší mlhavost – a ta mne děsila tím víc, čím méně jsem chápal, proč se děsím –, o těchto malbách (ač si je dovedu jasně vybavit) bych se marně pokoušel sdělit víc, než co se dá obsáhnout – a je toho pramálo – pouze psaným slovem. Svrchovaná prostota, nahá linie jeho kresby člověka přitahovala i odpuzovala. Maloval-li někdy nějaký smrtelník pouhé dojmy, pak to byl Roderick Usher. Ve mně alespoň – v tehdejším prostředí – probouzely ty čiré pomyslnosti, které můj přítel melancholik vrhal na plátno, nesnesitelný pocit posvátné hrůzy, pocit, který mne nikdy ani trochu neznepokojoval třeba při pohledu na snové, rozvášněné, a přitom tak konkrétní přeludy malíře Fuseliho.

Mohl bych aspoň přibližně popsat jeden z těch fantasmagorických výtvorů, který nebyl malován v tak přísně abstraktním duchu. Malý obrázek představoval vnitřek nesmírně dlouhé, pravoúhlé krypty či tunelu s nízkými stěnami, hladkými, bílými, ničím nepřerušenými, nezdobenými. Jisté podružné detaily obrázku probouzely živou představu, že kobka leží úžasně hluboko pod zemským povrchem. Po celé její ohromné délce nebyl nikde vidět východ, nebylo možno rozeznat ani pochodeň či jiný umělý světelný zdroj, a přece se tím prostorem šířila záplava oslnivých paprsků, nořících celek do strašidelného a nepřirozeného jasu.

Zmínil jsem se již o chorobném stavu jeho sluchového orgánu; pacient nesnášel žádnou hudbu kromě jistých akordů hraných na strunné nástroje. Snad právě z tohoto úzkého výběru, kterým se také omezoval při hře na kytaru, vznikl do značné míry fantastický styl jeho přednesu. Ovšem vášeň a lehkost, s jakou improvizoval, se nedá takto vysvětlit. Jak nápěv, tak slova jeho nezkrotných skladeb (nezřídka totiž improvizoval i slovní rýmovaný doprovod) byly zřejmě výsledkem oné duševní soustředěnosti, kterou jsem u něho pozoroval, jak jsem již naznačil, jen v okamžicích vrcholného uměleckého vzepětí. Slova jedné z těchto rapsodií jsem si snadno zapamatoval. Uchvátila mne při jeho přednesu tak mocně asi proto, že jsem tehdy poprvé z jejího skrytého, mystického významu vycítil, jak plně si Usher uvědomuje vratkou vládu svého vznešeného rozumu. Verše, nazvané *Očarovaný palác,* zněly přibližně, ne-li doslova, takto:

*V nejzelenějším koutu země,*
*dobří andělé kde sní,*
*zvedal kdysi bílé témě*
*palác pyšný, překrásný.*
*V údolí, kde vládl Rozum,*
*tam hrad stál!*
*Nad sličnější stavbou cherub*
*nikdy křídla nerozpjal!*

*Vlajky žluté, zlaté, slavné*
*povlávaly na valech*
*(to vše bylo v době dávné,*
*v zapomenutých již dnech)*
*a kdejaký větřík svěží*
*si s nimi hrál –*
*polaskav zdi zdobných věží,*
*rozvoněný letěl dál.*

*V šťastné dolině té poutník*
*viděl oknem zářícím*
*k melodii ladné loutny*
*duchy v rytmu tančící*
*kolem trůnu, na němž seděl*
*v pompě královské,*
*v lesku, jenž mu přináležel,*
*sám panovník říše té.*

*Palácová brána plála*
*perlami a rubíny*
*a jí šuměla a vála,*
*vála po všechny ty dny*
*echa, kterým bylo dané*
*šířit v dál*

*(hlasy krásy neslýchané)*
*vtip a moudrost, jíž slul král.*

*Zlí duchové v šerém šláři*
*přepadli však jeho říš.*
*(Truchleme – vždyť ranní záři*
*vladař nezahlédne již!)*
*Sláva, jež dům oblévala*
*jak pestrý květ,*
*němou zkazkou se teď stala*
*dávno mrtvých let.*

*Kdo teď zbloudí do doliny,*
*spatří oknem krvavým*
*hrůzné, fantastické stíny*
*křepčit k tónům drásavým,*
*a jak peřej proudí branou*
*smečka zběsilá;*
*zří ji věčně rozchechtanou –*
*úsměv navždy ztratila.*

Vzpomínám, jak nás myšlenky této balady zavedly k úvahám, v nichž Usher projevil názor, který uvádím ani ne tak pro jeho novost (neboť někteří lidé smýšlejí podobně) jako spíš pro tvrdošíjnost, s jakou jej Usher hájil. Tento názor zhruba tvrdil, že rostlinstvo má schopnost vnímání. Ovšem Usherova rozháraná mysl dodala myšlence poněkud smělejší podobu; podle něho vztahovala se tato citlivost za určitých podmínek i na říši nerostů. Nemám slov, kterými bych vylíčil celou šíři jeho přesvědčení ani jeho vášnivé zaujetí pro ně. Jeho víra ovšem souvisela (jak jsem již napověděl) s šedými kameny sídla Usherových předků. Domníval se, že podmínky oné vnímavosti jsou zde splněny souladným seskupením těchto kamenů, řádem jejich rozmístění i rozmístění plísně, která je pokrývá, či zetlelých stromů kolem – a především dlouhým, ničím nepřerušeným trváním tohoto seskupení i jeho odrazu v nehybné hladině močálu. Důkaz – důkaz této citlivosti – je prý přece patrný (ulekl jsem se, když to řekl) v postupném, ale vytrvalém zhušťování onoho svébytného ovzduší kolem vody i zdí. Výsledek prý mohu rozpoznat v té tiché, ale neodbytné a strašlivé síle, která již staletí utváří osudy jeho rodiny a která z něho udělala to, co vidím – to, co je. K těmto názorům netřeba nic dodávat a já raději pomlčím.

Naše knihy – knihy, které již léta tvořily nemalou část duchovního života nemocného – přesně odpovídaly, jak se dalo tušit, tomuto druhu fantastiky. Ponořili jsme se do četby děl, jako jsou *Ververt a Chartreuse* od Gresseta; *Belphegor* od Machiavelliho; *Nebe a peklo* od Swedenborga; *Podzemní výprava Mikuláše Klimma* od Holberga; *Chiromantika* od Roberta Fluda, Jeana d'Indaginé a De la Chambra, Thieckova *Cesta do modravých dálek* a Campanellův *Sluneční stát.* Velmi si Usher oblíbil malé osmerkové vydání knihy *Directorium Inquisitorum* od dominikána Eymerica de Gironna a nad stránkami Pomponia Mely o starých afrických satyrech a aegipanech dovedl prosnít hodiny. Největší potěchu mu však poskytovala četba neobyčejně vzácné a podivuhodné knihy v gotickém kvartu – katechismu jedné zapomenuté církve – *Vigiliae Mortuorum secundum Chorum Ecclesiae Maguntinae.*

Na temné obřady z této knihy a pravděpodobný vliv, který měly na Ushera, musel jsem vzpomenout, když mi jednoho večera stručně oznámil, že lady Madeline skonala a on že má v úmyslu uložit její tělo (ještě než bude definitivně pohřbeno) na čtrnáct dní do jedné z četných kobek v hlavních zdech budovy. Věcný důvod, který pro své zvláštní počínání uváděl, byl takový, že jsem si jej netroufal vyvracet. Odhodlal se prý k tomu s ohledem na neobvyklou povahu nemoci zesnulé sestry, kvůli jistým dotěrným a příliš zvídavým dotazům jejího lékaře, a také proto, že rodinná hrobka leží na odlehlém a nechráněném místě. Nechci popírat, že když jsem si vybavil podezřelou tvář osoby, kterou jsem potkal na schodech v den svého příjezdu, ani trochu se mi nechtělo stavět proti tomu, co jsem ostatně pokládal za neškodné a nikterak nepřirozené opatření.

Na Usherovu žádost pomáhal jsem mu osobně při ukládání mrtvé do její dočasné hrobky. Rakev s tělem jsme sami dva odnesli na místo odpočinku. Krypta, do níž jsme ji uložili (a která byla tak dlouho uzavřena, že nám v dusném ovzduší bezmála uhasly pochodně a v přítmí jsme takřka neviděli), byla malá, vlhká, bez přístupu světla a ležela velmi hluboko, přímo pod křídlem budovy, v němž byla má ložnice. Za dávných feudálních dob ji zřejmě používali k nejhorším účelům jako žaláře, v pozdějším čase pak jako skladiště střelného prachu nebo jiných vznětlivých látek, neboť část podlahy a celý vnitřek dlouhé chodby, jíž jsme tam přišli, byly důkladně pobity mědí. Masivní železné dveře byly podobně chráněny. Byly tak těžké, že při otáčení v závěsech pronikavě skřípaly.

Když jsme své truchlivé břímě složili v těchto končinách hrůzy na máry, poodkryli jsme dosud nepřipevněné víko rakve a pohlédli mrtvé do tváře. Nápadná podoba bratra a sestry poprvé teď upoutala mou pozornost a Usher, vytušiv snad mé myšlenky, zašeptal několik slov, z nichž jsem vyrozuměl, že zesnulá a on byli dvojčata a že se vždy nevýslovně milovali. Náš pohled spočinul na mrtvé jen krátce – nemohli jsme na ni hledět bez úděsu. Nemoc, která tuto ženu sklála v rozkvětu mladých let, zanechala, jak to u všech chorob nepochybně kataleptické povahy bývá, na hrudi a ve tváři slabounký nádech zardění a na rtech onen nevěrohodný, utkvělý úsměv, tak hrůzný ve chvíli smrti. Opět jsme víko přiklopili a utáhli šrouby, zamkli železné dveře a s námahou si pak razili cestu do příbytků v horní části domu, z které čišela nemenší chmura.

Po několika dnech krutého žalu objevila se v projevech duševní choroby mého přítele patrná změna. Jeho obvyklé způsoby byly tytam. Zanedbával anebo zapomínal na vše, čím se až dosud zabýval. Chvatně, poplašeně a bezcílně bloudil z pokoje do pokoje. Jeho tvář, pokud to bylo možné, ještě příšerněji zesinala – avšak třpyt jeho očí nadobro pohasl. Již jsem nezaslechl dřívější občasnou drsnost v jeho hlase, teď bylo pro jeho mluvu příznačné jen rozechvělé tremolo, jako by se stále chvěl hrůzou. Měl jsem chvílemi dojem, že jeho nepřestajně vzrušená mysl zápasí s nějakým tíživým tajemstvím, jež by rád vyslovil. Pak jsem byl opět nucen vykládat si vše pouhými nepostižitelnými vrtochy šílenství, neboť jsem ho vídal, jak hodiny a hodiny vytřeštěně, soustředěně zírá do prázdna, jako by naslouchal nějakému pomyslnému zvuku. Nebylo divu, že jeho stav mě děsil – že mě nakazil. Cítil jsem, jak zvolna, ale neúprosně podléhám náporu jeho fantastických, a přece podmanivých bludů.

Neblahou moc těchto pocitů jsem okusil zejména v noci sedmého nebo osmého dne po uložení lady Madeline do podzemní hrobky. Ulehl jsem, ale spánek nepřicházel – míjela hodina za hodinou. Snažil jsem se rozumem překonat nervozitu, která mne sužovala. Pokoušel jsem se přesvědčit sama sebe, že mnohé z toho, a snad vše, co na mne tak ošklivě doléhá, se dá vysvětlit ponurým zařízením pokoje – tmavými, potrhanými závěsy, které vzdouvány poryvy vzmáhající se bouře nepokojně se třepotaly po stěnách a protivně šelestily kolem ozdob mého lože. Avšak marně jsem se namáhal. Celé mé tělo se neovladatelně roztřáslo a posléze mi zavalila srdce můra nepochopitelné tísně. Když jsem ji přece jen s námahou zaplašil, zvedl jsem se na polštáři, a zíraje úporně do černé tmy pokoje, naslouchal jsem – nevím proč, snad puzen náhlým vnuknutím – jakýmsi hlubokým, neurčitým zvukům, které se ozývaly v dlouhých intervalech, kdy bouře utichala – bůhví odkud. Přemožen nevysvětlitelným, avšak nesnesitelným pocitem strachu, naházel jsem na sebe chvatně šaty (již jsem věděl, že této noci neusnu) a snažil jsem se vytrhnout z žalostného stavu, do něhož jsem upadl, tím, že jsem rychle přecházel po místnosti.

Sotva jsem tak několikrát přešel, upoutaly mou pozornost lehké kroky na sousedním schodišti. Ihned jsem poznal, že je to Usher. Vzápětí také lehounce zaklepal na dveře a vstoupil s lampou v ruce. Jako obvykle měl tvář křídově bílou – ale oči mu teď navíc zářily jakousi šílenou rozjařeností; celé jeho chování prozrazovalo potlačovanou hysterii. Jeho vzhled mne sice děsil, ale všechno bylo lepší než samota, jíž jsem tak dlouho trpěl – a proto jsem jeho společnost uvítal s úlevou.

„A tys to neviděl?“ řekl náhle, když se předtím kolem sebe mlčky rozhlížel – „tak tys to neviděl? Ale počkej, však to uvidíš!“ S těmito slovy zastínil opatrně lampu, přistoupil chvatně k jednomu z oken a otevřel je dokořán vstříc bouři.

Dravý van vichřice nás bezmála srazil k zemi. Byla to opravdu bouřlivá noc, a přitom děsivě krásná, v hrůze i kráse fantasticky jedinečná. Smršť se zřejmě chystala propuknout v našem sousedství, neboť vítr kolem nás co chvíli prudce měnil směr a mračna (doléhající až na samé věže) se jako živá divoce valila proti sobě – jak jsme i přes jejich nesmírnou hustotu mohli pozorovat –, ale přitom se vůbec nevzdalovala. Říkám, že jsme to i přes velikou hustotu mračen mohli pozorovat – a přece jsme nezahlédli ani měsíc, ani hvězdy, nikde se neukázal jediný zákmit blesku. Avšak spodní okraj obrovských kumulů vzdutých par, stejně jako všecky předměty na zemi kolem nás, plály v nepřirozeném světle bledě světélkujícího, byť jasně viditelného dýmného oparu, který se vznášel v prostoru a zahaloval dům.

„Nesmíš – ne, na to se nesmíš dívat!" řekl jsem rozechvěně Usherovi a odvedl jsem ho s mírným nátlakem od okna k židli. „Úkazy, kterých se děsíš, jsou jen běžné elektrické výboje – anebo je docela možné, že vznikají z těch odporných miazmat močálu. Pojď, zavřeme to okno; vzduch je mrazivý a pro tvé zdraví nebezpečný. Podívej, mám tu jednu z tvých oblíbených romancí. Budu číst, ty budeš poslouchat, a tak nám ta strašná noc uběhne."

Stařičká knížka, kterou jsem vytáhl, byl *Šílený Trist* od sira Launcelota Canninga, ale nazval jsem ji Usherovou oblíbenou četbou spíše v smutném žertu než doopravdy; neboť po pravdě řečeno, sotva něco z její kostrbaté a nudné rozvláčnosti mohlo zajímat přítelova vznešeného, vnímavého ducha. Byla to však jediná knížka, která byla zrovna po ruce, a já jsem aspoň skrovně doufal, že četba i takových nesmyslných hloupostí rozptýlí vzrušení, které zádumčivcem zmítalo (vždyť v dějinách duševních poruch je mnoho podobných paradoxů). Kdybych byl mohl soudit podle živého, účastného výrazu, s jakým naslouchal (nebo zdánlivě naslouchal) slovům té báchorky, byl bych mohl vskutku jásat nad úspěchem svého nápadu.

Došel jsem k známému místu příběhu, kde hrdina knihy Ethelred po marných pokusech dostat se po dobrém do poustevníkova příbytku, chce se vstupu domoci násilím. Líčí se to, jak si snad vzpomínáte, těmito slovy:

„A Ethelred, od přírody zmužilý a nyní po silném víně, jež vypil, ještě silnější, nemařil více čas vyjednáváním s poustevníkem, jenž byl vskutku neústupný a zlovolný, ale pociťuje na plecích déšť a obávaje se nadcházející bouře, pozdvihl svůj palcát a několika ranami vyrazil ve dveřích otvor pro svou obrněnou ruku; a poté, vniknuv dovnitř, rozbil, rozerval a roztříštil vše napadrť, takže lomoz a dutý praskot dřeva se rozléhal a šířil po celém lese."

Když jsem skončil tuto větu, trhl jsem sebou a na okamžik přestal číst, neboť se mi zdálo (třebaže jsem si hned řekl, že mne tak mate zjitřelá obraznost), že odkudsi, z nějaké odlehlé části domu, mi k uším nejasně doléhá zvuk, který pro svou naprostou podobnost by mohl být ozvěnou (samozřejmě zdušenou a matnou) právě toho praskotu a lomozu, který sir Launcelot tak důkladně vylíčil. Byla to nepochybně jen náhodná shoda, co mne tak zarazilo, neboť uprostřed drnčení okenních rámů a obvyklého hukotu a kvilu rozpoutávající se bouře mohl mne ten zvuk sám stěží upoutat či znepokojit. Četl jsem dál:

„Sotva však dobrý rek Ethelred vstoupil, pojal ho hněv i úžas, neb tu po zlovolném poustevníkovi nespatřil nejmenší stopy; místo něho seděl před ním šupinatý, ohyzdný velikánský drak s ohnivým jazykem a střežil zlatý palác se stříbrnou podlahou. A na stěně tu visel štít z lesklé mosazi s tímto nápisem:

*Kdo vstoupil sem, vítězem byl.*
*Kdo draka sklál, štít vydobyl.*

A Ethelred, máchnuv palcátem, udeřil draka do hlavy; ten se před ním skácel a vydechl naposled svůj otravný dech s řevem tak strašlivým a třeskutým a k tomu tak pronikavým, že si Ethelred před tím ohavným zvukem, jaký ještě nikdy nezaslechl, musil dlaněmi zacpat uši."

Opět jsem náhle ustal, nyní opravdu s trapným úžasem – neboť v tomto okamžiku jsem již nebyl na pochybách, že skutečně slyším (třebaže jsem nemohl určit směr, odkud to přicházelo) tichý a patrně vzdálený, ale ostrý, táhlý, prapodivný skřípot a jek – přesně odpovídající tomu, co v mé fantazii vyvolal právě vylíčený nezemský skřek draka.

Při této druhé neuvěřitelné shodě zaplavilo mne množství rozporných pocitů, v nichž převládaly údiv a bezmezný strach; přesto jsem měl dost duchapřítomnosti, abych sebemenší poznámkou nerozjitřil citovou rozervanost svého společníka. Vůbec jsem si nebyl jist, zda také on zaslechl ty zvuky, třebaže v posledních několika minutách změnil, pravda, podivně své chování. Zprvu seděl proti mně, teď však zvolna otáčel křeslo tak, že posléze seděl čelem ke dveřím pokoje; a tak jsem jen částečně mohl pozorovat jeho tahy, i když mi neuniklo, jak se mu chvějí rty, jako by neslyšně cosi šeptal. Hlava mu poklesla na hruď; věděl jsem však, že nespí, a to podle široce, strnule otevřeného oka, které jsem zahlédl z profilu. Této domněnce odporoval i pohyb jeho těla – kolébal se totiž lehounce ze strany na stranu; nepřetržitě, jednotvárně se pohupoval. Chvatně jsem vše přelétl očima a vrátil se k vyprávění sira Launcelota, které takto pokračovalo:

„A když rek ušel drakově strašlivému hněvu, vzpomněl si na mosazný štít i na jeho čaromoc, kterou teď zlomil. I odklidil zdechlinu z cesty a po stříbrné dlažbě zámku srdnatě zamířil k místu, kde na stěně visel štít; ten však nesečkal, až k němu hrdina dojde, nýbrž s ohlušujícím, strašlivým třeskem se sám zřítil k jeho nohám na stříbrnou podlahu."

Sotva jsem vyslovil poslední slabiky, uvědomil jsem si, že se kdesi rozlehla zřetelná, dunivá a kovově řinčivá, zřejmě však ztlumená rána – jako by v tom okamžiku skutečně dopadl těžký kovový štít na stříbrnou podlahu. Úplně vysílen jsem vyskočil, avšak Usher se nerušeně, odměřeně kolébal dál. Upřeně třeštil oči před sebe, po celém těle ztuhlý jako kámen. Když jsem mu však položil ruku na rameno, celá jeho postava se otřásla; rty se zachvěly matným úsměvem a všiml jsem si, že cosi tiše, chvatně, blekotavě šeptá, jako by nevnímal, že jsem u něho. Naklonil jsem se až k němu a posléze jsem pochopil obludný dosah jeho slov.

„Není slyšet? Ale ano – já to slyším a slyšel jsem to. Už dřív – dávno – dávno – už tolik minut, tolik hodin, tolik dní už to slyším – ale neměl jsem odvahu – já ničema, já ubožák, ó běda mi! – neměl jsem odvahu – odvahu promluvit! *Uložili jsme ji do hrobky živou!* Neříkal jsem ti, že mám příliš citlivé smysly? Teď ti říkám, že jsem ji slyšel, už když se poprvé slabounce pohnula v dutině rakve. Všecko jsem slyšel – už dávno, tolik dní – a přece jsem neměl odvahu – *neměl jsem odvahu pro-*

*mluvit!* A teď – dnes v noci – Ethelred! – k smíchu! On že vylomil v poustevně dveře a drak že smrtelně chroptěl a štít že řinčel! Nebyla to spíše její rakev, jak praskala? Nu, pověz?! Neskřípaly železné závěsy jejího žaláře, nebylo slyšet, jak se dobývá z měděného podsklepí? Ó kam jen prchnout? Vždyť už tu co nevidět bude! Což mi nechvátá vyčíst, jak jsem si s pohřbem pospíšil? Neslyšel jsem snad její kroky na schodech? Cožpak nepoznávám ten těžký, děsivý tlukot jejího srdce? Šílenče!" Tu Usher zběsile vyskočil a vyrážel každé slovo, jako by si rval duši z těla: *„Šílenče! Říkám ti, že v tomto okamžiku stojí přede dveřmi!"*

A nadlidské vypětí, s kterým pronesl tuto větu, jako by v sobě tajilo moc zaklínadla – zvolna se rozevřely bytelné ebenové vrátně obrovských, starodávných dveří, na které Usher prstem ukazoval. Způsobil to náhlý průvan – ale tam za těmi dveřmi stála *opravdu* vysoká, zahalená postava lady Madeline Usherové. Její bílý rubáš byl zkrvácený a celé vyzáblé tělo bylo poseto stopami po urputném zápasu. Vteřinu zůstala stát na prahu a jen se chvěla a vrávorala – pak s tichým sténavým vzlykem padla dovnitř, padla na bratra, kterého v zběsilé a teď opravdu poslední smrtelné křeči strhla na zem mrtvého – oběť hrůz, které předvídal.

Zděšeně jsem prchal z pokoje – prchal jsem z domu. Když jsem ujížděl po staré hrázi, bouře dosud běsnila. Náhle šlehlo přes cestu ohnivé světlo; ohlédl jsem se; chtěl jsem se podívat, odkud se vzala tak neobyčejná záře, vždyť za mnou byl jen ohromný dům a jeho stín. To měsíc tak zářil, zapadající, krvavě rudý měsíc v úplňku – jasně prosvítal trhlinou v domě, dříve sotva rozeznatelnou, táhnoucí se klikatě od střechy až k základům. Jak jsem na ni upřeně hleděl, začala se rozsedlina rychle šířit; vtom zadul mocný vichr a do očí mi zableskl celý kotouč měsíce – hlava se mi zatočila závratí, když jsem viděl, jak se mohutné zdi na kusy rozpadají. Pak se ozval táhlý, burácivý řev jako hlas tisícerých vod – a hluboký, černý močál u mých nohou se chmurně a teskně zavřel nad troskami „Domu Usherů“.

# SKOKAN

Nepoznal jsem člověka tak lačného žertování, jako byl král. Žil snad jen pro šprýmy. Kdo uměl dobře vyprávět anekdoty, ten si ho bezpečně získal. Není proto divu, že jeho sedm ministrů bylo sedm na slovo vzatých vtipálků. Následovali krále nejen jako nepřekonatelní vtipálci, ale připodobnili se mu i svými postavami: byli jako on mohutní, tělnatí, tuční. Nikdy se mi nepodařilo zjistit, zda lidé z vtipkování tloustnou, anebo zda je tloušťka tak trochu k vtipkování předurčuje, ale jisté je, že hubený šprýmař je bílá vrána.

Na nějakou vybroušenost nebo, jak tomu říkal, „delikátnost" vtipu si ovšem král nijak nepotrpěl. Liboval si spíš v říznosti, rozvernosti žertu než v jeho duchaplnosti. Rafinované vtipkování ho unavovalo. Jistě by dal přednost Rabelaisovu *Gargantuovi* před Voltairovým *Zadigem;* a celkem jeho vkusu vyhovovalo daleko víc, když někdo někomu něco vyvedl, než řekl.

Můj příběh je z doby, kdy dvorní šaškové nevyšli ještě úplně z módy. Několik velkých evropských monarchií si dosud drželo své „blázny", kteří nosili strakatinu s čapkou a rolničkami a kteří na požádání – za pár drobtů spadlých z královského stolu – musili umět vyklopit nějaký břitký vtip.

Náš král si samozřejmě také choval šaška. Celkem vzato potřeboval trochu té pošetilosti – už proto, aby vyvážil hlubokomyslnou moudrost sedmi mudrců, kteří byli jeho ministry – nemluvě o jeho vlastní osobě.

Jeho blázen či dvorní šašek nebyl však jenom šaškem. Měl v očích krále trojnásobnou cenu – byl totiž navíc trpaslík a mrzák. Trpaslíci bývali v těch dobách u dvora právě tak běžní jako šašci, a mnohému monarchovi by bylo zatěžko trávit své dny (dny u dvora jsou poněkud delší než jinde) bez obou: bez šaška, *s kterým* se mohl zasmát, a bez trpaslíka, *kterému* se mohl posmívat. Jenže šprýmaři, jak jsem již podotkl, bývají v devětadevadesáti případech ze sta tuční, břichatí a nemotorní – a tak si náš král mohl co chvíli gratulovat, že ve Skokanovi (tak se šašek jmenoval) získal trojí poklad v jedné osobě.

Domníváme se, že jméno Skokan nedali trpaslíkovi kmotři při křtu, ale že mu je jednomyslně přiřklo sedm ministrů pro jeho neschopnost chodit jako ostatní lidé. Skokan se opravdu mohl pohybovat jen jakýmsi škubavým krokem – něco mezi skákáním a plazením – a tyto pohyby skýtaly neomezenou potěchu a ovšem i útěchu králi, ačkoli krále i s jeho vydutým břichem a vodnatelnou hlavou považoval celý dvůr za postavu vskutku nádhernou.

Avšak Skokan, třebaže se na znetvořených nohou jen s ukrutnou námahou smýkal po zemi, měl ohromnou sílu v pažích (jíž mu příroda patrně nahradila nemohoucnost dolních končetin), takže hravě předváděl kousky úžasné obratnosti, byl-li jen po ruce strom, lano nebo cokoli, po čem se dalo šplhat. Při této akrobacii se věru podobal spíš veverce nebo opičce než žabákovi.

Nemohu říci přesně, odkud Skokan původně pocházel, vím jen, že to byla jakási barbarská země, o které nikdo nic nikdy neslyšel, a že byla nesmírně daleko od dvora našeho krále. Skokan a s ním mladá dívenka, téměř právě tak zakrslá (ovšem jinak krásně souměrná a k tomu skvělá tanečnice), byli uneseni ze svých domovů a posláni jako dar králi jedním z jeho vítězících generálů.

Není divu, že za těchto okolností se oba malí zajatci důvěrně sblížili. Byli z nich brzy opravdu nerozluční přátelé. Avšak Skokan, třebaže byl tak ohromným zdrojem zábavy, nebyl ani trochu oblíben a nemohl proto Tripettě prokázat mnoho služeb; zato ona byla pro svůj půvab a nevšední krásu (i přes svou titěrnost) každým obdivována a hýčkána a měla u dvora značný vliv, kterého nikdy neopomenula užít ve prospěch Skokanův.

Jednou se král rozhodl uspořádat na počest jakési významné státní události – už nevím jaké – maškarní ples. A kdykoli se u dvora konala maškaráda či něco podobného, vždycky se skvěle uplatnil talent jak Skokanův, tak Tripettin. Zvláště Skokan byl tak vynalézavý v námětech na všelijaké výjevy, v návrzích na zcela originální postavy i kostýmy pro maškarní plesy, že by se bez jeho rad snad ani nebyli obešli.

Nadešla noc, na kterou slavnost ustanovili. Pod Tripettiným dohledem byla nádherná dvorana vyzdobena důmyslnou dekorací, která měla maškarádě dodat patřičně vznešeného lesku. Celý dvůr hořel nedočkavostí. Pokud se kostýmů a masek týká, byl každý samozřejmě už dávno rozhodnut. Mnozí si už před týdnem nebo i před měsícem rozmysleli, co budou představovat, a nikde se neprojevil ani náznak nerozhodnosti – jen král a jeho sedm ministrů byli na rozpacích. Proč právě oni váhali, to mi nebylo jasné, ledaže by to dělali ze šprýmu. Ale nejspíš na nic nemohli přijít proto, že byli tak vypasení. Ať tak či onak, čas utíkal, a nakonec v nouzi nejvyšší poslali pro Tripettu a Skokana.

Když dva maličtí přátelé předstoupili před krále, zastihli ho se všemi sedmi kabinetními ministry u vína; ukázalo se však, že mocnář má mizernou náladu. Věděl, že Skokan víno nemá rád, podněcovalo totiž toho chromého chudáka až k zuřivosti, a zuřivost není zrovna příjemný stav. Jenže král miloval své žertíky a bavilo ho, když mohl Skokana přimět k pití a „náladičce", jak tomu říkal.

„Pojď sem, Skokane," řekl, když šašek a jeho družka vstoupili, „nejdřív zhltni tady ten pohár na zdraví svých dalekých přátel (Skokan jen vzdychl), a pak nás oblaž svým důvtipem. Chceme masky – ale aby to byly skutečné charaktery, člověče – něco originálního, co tu ještě nebylo. Už nás nudí dívat se věčně na jedno a totéž. Pojď, napij se! Víno ti zjasní rozum."

Na takové pobídky se snažil Skokan jako obvykle vymyslet nějakou vtipnou odpověď, avšak dnes na nic nepřišel. Ten ubožák měl totiž zrovna narozeniny, a rozkaz, aby připil vzdáleným přátelům, mu vehnal slzy do očí. Do poháru, který pokorně přijal z·tyranovy ruky, padaly velké, hořké krůpěje.

Král řval smíchy, když trpaslík váhavě dopíjel víno: „Vidíš, co dokáže sklenice dobrého vína! Vždyť se ti už lesknou oči!"

Ubohý človíček! Oči mu spíše sálaly, než se leskly, neboť víno zaúčinkovalo na jeho vznětlivý mozek prudce a okamžitě. Neklidně postavil číši na stůl a pološíleným pohledem se rozhlédl po společnosti. Úspěch králova „žertíku" je všechny zřejmě náramně pobavil.

„A teď k věci," řekl ministerský předseda, neobyčejný tlusťoch.

„Ano," řekl král, „musíš nám poradit, milý Skokane. Chceme masky – originální postavy, mládenče – zkrátka, potřebujeme charaktery – jeden jako druhý – ha, ha, ha!" a protože tohle myslel skutečně jako žert, opakovalo jeho smích těch sedm sborem.

Skokan se také smál, ale jen chabě a jaksi nepřítomně.

„Nu tak," řekl král netrpělivě, „nic tě nenapadá?"

„Pokouším se vymyslet nějakou novinku," řekl trpaslík roztržitě – víno ho totiž vyvedlo z rovnováhy.

„Pokoušíš se?" vykřikl zlostně tyran. „Jak to myslíš? Á, už chápu. Jsi mrzutý a potřebuješ ještě víno. Tumáš, vypij to!" Nalil vrchovatě další pohár a podával jej mrzákovi, který jen němě zíral a zalykal se.

„Pij, povídám!" křičel ten netvor, „nebo u všech ďasů – "

Trpaslík váhal. Král zrudl zlostí. Dvořané se šklebili. Tripetta, na smrt bledá, přistoupila k mocnářovu trůnu, padla před ním na kolena a zapřísahala ho, aby ušetřil jejího přítele.

Tyran chvíli jen žasl nad její smělostí, jako by se rozpakoval, co počít nebo říci – jak nejvhodněji vyjádřit svůj hněv. Posléze ji beze slova od sebe odmrštil a obsah vrchovatého poháru jí vchrstl do obličeje.

Ubohé děvče se s námahou zvedlo, a aniž se odvážilo vzdychnout, vrátilo se na své místo na konci stolu.

Na chvíli se rozhostilo hrobové ticho, v němž by bylo slyšet i pád lístku či peříčka. Bylo přerušeno tichým, ale protivným, táhlým skřípotem, který jako by se ozýval současně ze všech koutů místnosti.

„Co – co znamená ten zvuk? Proč to děláš?" zeptal se král rozlíceně trpaslíka.

Ten zatím zřejmě do značné míry vystřízlivěl, a hledě teď upřeně, ale klidně do tyranovy tváře, pouze hlesl:

„Já – já? Jak bych to mohl být já?“

„Ozývalo se to myslím zvenku,“ poznamenal jeden z dvořanů. „Mám dojem, že to byl papoušek za oknem, že si brousil o dráty klece zobák.“

„Nejspíš,“ řekl na to král, a tímto vysvětlením jako by se mu velmi ulevilo, „ale byl bych přísahal na svou rytířskou čest, že jsem slyšel toho trhana skřípat zuby.“

A tu se trpaslík zasmál (král byl tak osvědčený šprýmař, že smích nikomu nezazlíval) a odhalil přitom řadu velkých, silných a velice odpudivých zubů. Navíc krále ujistil, že milerád vypije tolik vína, kolik bude králi libo. To mocnáře utišilo; a Skokan, vyprázdniv další pohár bez zjevnějšího účinku, začal horlivě předestírat své náměty.

„Nemohu říci, jak to spolu souvisí,“ prohodil s naprostým klidem, jako by v životě nevypil ani kapku vína, „ale vzápětí nato, co Vaše Veličenstvo uhodilo dívku a vchrstlo jí do obličeje víno – vzápětí nato, a zrovna když se papoušek za oknem tak divně ozýval, vzpomněl jsem si na jedno báječné vyražení – je to naše národní zábava a často ji u nás provozujeme na maškarádách, ale zde by to byla úplná novinka. Bohužel je k tomu zapotřebí osmi lidí a –“

„Je nás tu tolik!“ zvolal král a smál se, jak pohotově přišel na tu náhodnou shodu. „Osm je nás nachlup – já a sedm mých ministrů. Tak ven s tím, jaké je to vyražení!“

„Říkáme té hře Osm spoutaných orángutanů,“ odpověděl mrzák, „a je to opravdu nesmírně zábavné, když se to dobře sehraje.“

„*My* to sehrajeme,“ poznamenal král a přitom vypjal hruď a přivřel víčka.

„Ta hra je rozkošná tím,“ pokračoval Skokan, „jakou paniku vyvolá mezi dámami.“

„Báječné!“ zahřměl král jedním dechem s ministry.

„Já vás vystrojím jako orangutany,“ řekl trpaslík, „svěřte mi to. Podoba bude tak dokonalá, že vás společnost na plese bude mít za skutečná zvířata – a jistě je to nejen ohromí, ale také vyděsí.“

„To je ale nádherné,“ zvolal král. „Z tebe ještě něco udělám, Skokane! Uvidíš!“

„Řetězů se používá proto, aby řinčením zvyšovaly zmatek. Budete předstírat, že jste hromadně utekli svým dozorcům. Vaše Veličenstvo si ani nedovede představit, jak mocně zapůsobí na maškarním plese takových osm orangutanů, které většina lidí pokládá za pravé a kteří s divokým řevem vtrhnou mezi vybrané a skvostně oblečené muže a ženy. Takový kontrast nikdo nenapodobí.“

„Nesmí,“ řekl král a celý kabinet chvatně povstal (také se již připozdilo), aby uskutečnil Skokanův plán.

Skokan přeměnil skupinu na hlouček orangutanů velmi jednoduchým, ale pro svůj záměr krajně účelným způsobem. Tato zvířata se v době, kdy se náš příběh udál, objevovala v civilizovaném světě jen velmi zřídka; a protože napodobeniny, které trpaslík vytvořil, byly dostatečně zvířecí a víc než dostatečně ohyzdné, bylo možno uvěřit v jejich pravost.

Nejdříve byli král a jeho sedm ministrů vtěsnáni do přiléhavých trikotů. Pak byli pomazáni dehtem. Nato jeden z ministrů navrhl, aby se použilo peří; tento návrh však Skokan zamítl a všechny hned názorně přesvědčil, že srst zvířete, jako je orangutan, se dá mnohem věrněji napodobit lnem. Na dehtový nátěr byla tedy nanesena silná vrstva lnu. A teď přišel na řadu řetěz. Skokan jej nejprve ovinul královi kolem pasu a důkladně jej utáhl; pak kolem dalšího muže a opět utáhl, a tak to provedl postupně u všech osmi. Jakmile dokončil práci s řetězem, rozestavil jednotlivce co nejdál od sebe a utvořil z nich kruh, a aby všechno vypadalo ještě věrojatněji, protáhl zbytek řetězu dvakrát napříč tímto kruhem v pravém úhlu – jak prý tehdy měli ve zvyku lovci, když ukořistili velké opice na Borneu.

Sál, ve kterém se ples pořádal, byla velmi vysoká kruhová místnost, do které denní světlo pronikalo jen jedním oknem v kupoli. V noci – byla ostatně určena hlavně nočním zábavám – bývala osvětlena ohromným lustrem, který visel na řetězu ze středu světlíku a býval spouštěn nebo vytahován pomocí závaží; to však i s lanem bylo umístěno (aby to nekazilo celkový vzhled) nad kupolí na střeše.

Výprava sálu byla svěřena Tripettě, ta se ale v některých drobnostech zřejmě řídila rozvážnějšími pokyny svého maličkého přítele. Byl to právě jeho nápad, aby lustr pro tentokrát odstranili. Kapky vosku z jeho svící – a v takovém teple se nedalo zabránit stékání vosku – by poškozovaly nádherné šaty hostů, kterých bude jistě mnoho, a nemohou se proto všichni vyhýbat středu sálu – totiž místu pod lustrem. V různých částech sálu byly rozmístěny nástěnné svícny a do pravé ruky každé karyatidy, jichž tu bylo podél stěn padesát až šedesát, byla zasazena pochodeň, která šířila libou vůni.

Na Skokanovu radu čekalo osm orangutanů se svým vystoupením trpělivě až do půlnoci, kdy sál přímo překypoval hosty. Sotva dozněly údery hodin, již se všichni v jednom chumlu přihnali či spíše přikutáleli – neboť skoro všichni se při vstupu zapletli do řetězů, padali a klopýtali.

Rozruch mezi maskami byl nesmírný a královo srdce plesalo radostí. Jak se dalo předvídat, pokládali mnozí hosté ty dravě vyhlížející tvory – když ne zrovna za orangutany – tedy za nějaká skutečná zvířata. Dámy houfně omdlévaly úlekem; a kdyby byl král obezřetně nezakázal nosit v sále zbraně, bylo by všech osm brzy zaplatilo své vyražení krví. Jak už to v panice bývá, všechno se překotně hrnulo ke dveřím, jenže král nařídil, aby po jeho příchodu byly dveře okamžitě zamčeny a klíče odevzdány Skokanovi, jak to ostatně sám trpaslík předem navrhl.

Když vřava vrcholila a kdekdo se staral jen o vlastní kůži – v tlačenici rozčileného davu totiž opravdu hrozilo nebezpečí –, mohli jste spatřit, jak řetěz, na kterém visíval lustr a který byl této noci vytažen, zvolna klesá dolů, až se hák na jeho konci zastavuje pouhé tři stopy od podlahy.

Brzy nato král se svými sedmi přáteli doklopýtal přes celý sál až pod kupoli, přímo k řetězu. A tu trpaslík, který jim byl v patách a popichoval je, aby zvyšovali rozruch, popadl jejich řetěz v průsečíku uprostřed kruhu a bleskurychle jej zavěsil na hák, na kterém býval zavěšen lustr. A poté jakási neviditelná síla vytáhla hák tak vysoko, že orangutani se rázem ocitli v těsně sraženém hloučku, čely k sobě.

Mezitím se obecenstvo z prvního otřesu už trochu vzpamatovalo; začínalo se teď na celou věc dívat jako na podařenou taškařici a při pohledu na ošemetné postavení opic propukalo v bouřlivý smích.

„Já se o ně postarám!“ ječel teď Skokan a jeho pronikavý hlas překřičel snadno všechen ten povyk. „Však já se o ně postarám! Myslím, že je znám. Jen co si je pořádně prohlédnu, hned vám řeknu, co jsou zač!“

Tu po hlavách obecenstva dohopsal ke stěně, tam z ruky karyatidy vytrhl pochodeň, s kterou se vrátil do středu sálu, vyskočil hbitě jako opička králi na hlavu a z ní se vyšplhal několik stop nahoru po řetěze, skláněje přitom pochodeň, jako by si prohlížel hlouček orangutanů, a stále pokřikoval: „Však já brzy zjistím, co jsou zač!"

Celý sál (i s opicemi) se svíjel smíchy, ale tu šašek náhle pronikavě hvízdl – a vzápětí vylétl řetěz prudce nahoru, vyvlekl s sebou užaslé, zmítající se orangutany a nechal je viset v prostoru mezi kupolí a podlahou. Skokan, přimknut k stoupajícímu řetězu, držel se stále ve stejné vzdálenosti od osmi pitvorných masek a ustavičně jim strkal k tvářím pochodeň, jako by chtěl pouze vypátrat, kdo jsou.

Tento let vzhůru celou společnost tak ohromil, že na chvíli nastalo hrobové ticho. Přerušil je onen temný, dotěrný skřípot, který tak zaujal krále a jeho rádce, když ukrutník vchrstl Tripettě víno do obličeje. Jenže tentokrát nemohlo být sporu o tom, odkud zvuk vychází. Ozýval se ze zpěněných úst trpaslíka, který skřípal zuby, zatínal své ohromné tesáky a s výrazem šílené zloby zíral do osmi tváří, jež se k němu vzhůru obracely.

„Aha!" řekl konečně rozlícený šašek. „Aha! Už mi začíná svítat, co je to za lidi!" A tu krále naoko prozkoumával blíž a blíž, až přiložil pochodeň k jeho lněné srsti. Ta se rázem vzňala oslnivým plamenem.

Za pár vteřin bylo všech osm orangutanů v jediném plameni. Dav pod nimi ječel, zíral na ně ochromen děsem, ale nemohl jim v ničem pomoci.

Když potom plameny vyšlehly divočeji, vyšplhal se šašek, aby jim unikl, o něco výš; tímto pohybem upoutal pozornost zástupu, který se opět utišil. A tu trpaslík ještě jednou promluvil:

„Teď už vidím jasně, jací lidé se skrývají za těmito maskami. Je to mocný král a jeho sedm nejdůvěrnějších rádců – král, který se nebojí udeřit bezbranné děvče, a sedm rádců, kteří ho k takovým podlostem navádějí. A já, já jsem prostě Skokan, šprýmař, a tohle je můj poslední šprým."

Sotva trpaslík skončil svou krátkou řeč, bylo dílo pomsty – dík značné vznětlivosti lnu i dehtu – dovršeno. Osm mrtvol se houpalo na řetězech – smrdutá, zčernalá, ohyzdná, beztvará změť. Mrzák po nich mrštil pochodní, lehce a klidně se vyšplhal ke stropu a světlíkem v kupoli zmizel.

Říká se, že Tripetta, skrytá na střeše sálu, pomáhala svému příteli vykonat tuto plamennou pomstu a že se jim pak podařilo uprchnout spolu do staré vlasti. Nikdo je totiž od té chvíle nespatřil.

# MASKA ČERVENÉ SMRTI

Červená smrt již dlouho pustošila zemi. Dosud žádná morová rána nebyla tak vražedná a tak obludná. Krev byla jejím zhmotněným znakem a pečetí – červeň a úděsnost krve. Přicházely pronikavé bolesti, pak náhlé mrákoty, pak prudké krvácení z pórů, a konec. Šarlatovými skvrnami na těle a hlavně na tváři odsuzoval mor svou oběť do klatby, zavíral jí dveře před pomocí a soucitem bližních. Choroba člověka zachvátila, rdousila a v půlhodině sklála.

Avšak princ Prospero byl šťastný, neohrožený a prozíravý. Když byla jeho říše již napůl vylidněna, vybral si ze všech svých rytířů a dvorních dam tisíc zdravých a veselých přátel a uchýlil se s nimi do ústraní za vysoké zdi a cimbuří odlehlého kláštera. Byla to rozsáhlá a nádherná budova – výtvor princova vlastního výstředního, ale vznešeného vkusu. Byla obehnána mohutnou zdí. Ve zdi byly železné brány. Když sem dvořané přišli, přinesli s sebou kovářské výhně a těžká kladiva a zatavili závory. Chtěli se opevnit proti náhlým záchvatům zoufalství zvenčí a šílenství zevnitř. Klášter měl bohaté zásoby. Dvořané byli tedy zabezpečeni a mohli směle vzdorovat nákaze. Svět venku ať se o sebe postará! Jen blázen by se teď rmoutil a přemýšlel. Princ pamatoval na rozmanité radovánky. Opatřil šašky, komedianty, byly tu baletky, byli tu hudebníci, byly tu krásky a bylo tu víno. To všechno a ještě k tomu bezpečí – bylo uvnitř. Venku – Červená smrt.

Na sklonku pátého nebo šestého měsíce tohoto odloučení – právě když venku běsnil mor nejzuřivěji – uspořádal princ Prospero pro svých tisíc přátel velkolepý maškarní ples.

Byla to skvostná podívaná – ta maškaráda. Ale nejdřív vám vylíčím komnaty, v kterých se odehrávala. Bylo jich sedm – královské apartmá. V mnoha palácích vytváří řada takových komnat dlouhý a přímočarý průhled; posuvné dveře bývají dokořán rozevřeny téměř až ke stěnám, takže celý prostor lze snadno přehlédnout. Zde to ovšem bylo docela jiné, jak se ostatně při princově zálibě v bizarnosti dalo očekávat. Pokoje byly tak nerovnoměrně rozmístěny, že bylo vidět vždy sotva dál než do jednoho. Každých dvacet třicet kroků stěna prudce odbočovala a před divákem se otvíral nový a nový obraz. Uprostřed každé stěny bylo napravo i nalevo vysoké, úzké gotické okno vedoucí do přilehlé chodby, která se vinula podél zákrutů celého apartmá. Tato okna byla z malovaného skla, které mělo vždy takovou barvu, aby lahodila s barevným odstínem dekorace v komnatě. Nejvýchodnější pokoj byl například vyzdoben modře – okna byla proto jasně modrá. Druhá komnata měla okrasy a čalouny purpurové, takže i tabulky okna byly z purpuru. V třetí bylo všechno zelené – okna též. Čtvrtá byla zařízena i osvětlena oranžově, pátá byla bílá, v šesté převládala fialová. Sedmý pokoj byl zahalen do černých sametových čalounů, které pokrývaly strop a visely ze stěn, spadajíce v těžkých záhybech na koberce téže látky a barvy. Pouze v tomto pokoji nesouhlasila však barva oken s barvou výzdoby. Zde byly tabulky šarlatové – syté barvy krve. V žádné z těchto sedmi komnat nebyla uprostřed záplavy zlatých ozdob, jež byly nahodile rozmístěny či splývaly z klenby stropu, jediná lampa, jediný svícen. Uvnitř pokojů nehořelo světlo, ale na chodbách, které se kolem nich vinuly, stála před každým oknem těžká trojnožka s rozžhaveným uhlím, jehož plameny prozařovaly zbarvené sklo a místnost oslnivě osvětlovaly. Vznikaly tak přepestré, fantastické obrazce a dojmy. Ale v západní, černé komnatě, vyvolalo ohnivé světlo, proudící na temné závěsy krvavým sklem, opravdu přízračný účinek; tváře příchozích vypadaly v té záři tak úděsně, že se jen málokdo z celé společnosti osmělil překročit práh.

A v této komnatě stály u západní stěny ohromné ebenové hodiny. Jejich kyvadlo se houpalo s temným, těžkým, jednotvárným řinčením, a když minutová ručička opsala kruh ciferníku a hodiny začaly odbíjet, vydral se z kovových plic stroje zvuk, který byl sice jasný a zvučný, hluboký i harmonický, ale přitom tak podivně jímavý a naléhavý, že hudebníci v orchestru hodinu co hodinu přestávali na chvilenku hrát a naslouchali odbíjení; a tak se i tančící páry bezděky přestávaly otáčet a celá ta veselá společnost trochu zrozpačitěla, a jak hodiny odzváněly, bylo vidět, že ti nejrozmařilejší pobledli a ti starší, usedlejší, si rukou přejeli čelo jakoby v zmateném zasnění či zamyšlení; jakmile však údery dozněly, obecenstvo znovu propuklo v bezstarostný smích; hudebníci na sebe pohlédli a usmáli se vlastnímu zneklidnění a bláhovosti, a šeptem se navzájem ujišťovali, že při příštím odbíjení se už nedají tak dojmout a zmást – a pak uplynulo šedesát minut (do nichž se vejde tři tisíce šest set vteřin prchavého času), hodiny začaly vyzvánět znovu, a znovu se přikradly rozpaky, neklid a zamyšlení jako předtím.

Ale přesto byl to ples bujný a velkolepý. Vévoda měl prazvláštní vkus. Měl vytříbené oko pro barvy, znal jejich účinek. Dekorace podle běžné módy se mu nelíbily. Jeho návrhy a plány byly smělé, oslnivé, nápady překypovaly ohromující nádherou. Snad si někteří myslí, že byl šílený. Lidé z jeho družiny si to nemysleli. Bylo třeba ho slyšet, vidět, dotýkat se ho – abyste si to opravdu nemysleli.

K této velké slavnosti uspořádal téměř sám celou tu proměnlivou výzdobu sedmi komnat a svým podmanivým vkusem sám určoval výběr masek. Byly to postavy vskutku pitvorné – samý lesk a třpyt, dráždivost a přízračnost – připomínající Hugovy *Hernani*. Byly tu fantaskní postavy s údy a výstrojí, které k nim nepatřily. Byla tu šílená zjevení, jakoby bláznem vymyšlená. Mnoho podob krásných, mnoho rozmarných, mnoho bizarních, některé strašlivé a nemálo též odporných. Byl to věru zástup snových přeludů, co se tu vláčelo po komnatách! A ty přeludy se kroutily a ploužily, zbarvovány odstíny komnat, a šílené tóny orchestru jako by zněly ozvěnou jejich kroků. A tu se náhle v sametové síni ozve úder ebenových hodin a všechno na okamžik strne a všechno umlká – jen hodiny je slyšet. Přeludy stojí jako přimraženy. Avšak zvonivé údery doznívají – jen chvilenku to trvalo – a za jejich echem letí lehký, tlumený smích. A hudba se znovu rozvášní a přeludy ožijí a znovu křepčí ještě rozmarněji než dříve a zbarvují se zářemi z mnoha barevných skel, jimiž prosvítají záštlehy ohňů. Avšak ke komnatě tam na západě se teď už žádná maska neodváží přiblížit, neboť noci ubývá a krvavým sklem line se světlo čím dál ryšavější a čerň šerých čalounů děsí, a tomu, kdo vboří nohu do šerého koberce, zazní blízký tlumený cinkot ebenových hodin naléhavěji a vážněji než těm, kteří se baví v odlehlejších komnatách.

Tam se však hemžil hustý zástup, horečně pulzoval život. Bujný kvas vířil dál a dál – až konečně hodiny začaly odbíjet půlnoc. Hudba tak jako předtím zmlkla, utichlo kroužení párů, všechno zas rozpačitě znehybnělo. Tentokrát však hodinový zvon zazněl dvanáctkrát, a tak se asi stalo – protože bylo více času –, že se do úvah těch přemýšlivějších hodovníků vloudilo o trochu víc ducha. A tak se snad také stalo, že ještě než poslední ozvěna posledního úderu zanikla v tichu, postřehli mnozí přítomnost masky, které si dosud nikdo nevšiml. A když se šeptem rozneslo, že se dostavil nový host, ozval se v obecenstvu šum a reptání, zprvu vyjadřující nesouhlas a údiv – posléze strach, hrůzu a odpor.

V shromáždění přízraků, jaké jsem vykreslil, by nějaký obyčejný zjev sotva vzbudil takový rozruch. Vždyť volba masek na tento večer byla takřka neomezena; ale ta nová postava přeherodovala samého Heroda a překročila hranice i princovy bezbřehé fantazie. I ten nejotrlejší člověk má v srdci struny, které ho rozechvějí, jakmile se jich dotknete. I člověk nadobro rozvrácený, jemuž je život i smrt jen pro smích, přestává s některými věcmi žertovat. A opravdu: celá společnost zřejmě v skrytu duše cítila, že v kostýmu i vystupování vetřelce není nic žertovného, že je v něm cosi nestoudného. Byla to vysoká, vychrtlá postava, zahalená od hlavy k patě do pohřebního hávu. Maska, která zakrývala tvář, byla zformována k tak přesné podobě tuhé tváře mrtvoly, že i nejpozornější pohled by sotva odhalil klam. Ale to všechno by rozjaření hodovníci, když už ne schválili, tedy aspoň strpěli. Zakuklenec však zašel příliš daleko: vzal na sebe podobu Červené smrti. Jeho rubáš byl potřísněn krví – a jeho široké čelo, skráně i tváře byly skropeny úděsným šarlatem.

Když na tento strašidelný zjev poprvé pohlédl princ Prospero (maska zvolna, velebně, snad aby zdůraznila, jakou hraje roli, procházela mezi tančícími), bylo vidět, jak se v prvním okamžiku křečovitě otřásl hrůzou či odporem; vzápětí mu však tvář zrudla hněvem.

„Kdo se opovažuje?" tázal se sípavě dvořanů, kteří mu stáli nablízku – „kdo se opovažuje urážet nás tímto rouhavým výsměchem? Chopte se ho a strhněte mu masku, ať poznáme, koho za svítání pověsíme na cimbuří!"

Princ Prospero stál ve východní, modré komnatě, když tato slova pronášel, ale nesla se zvučně a jasně dál, do všech sedmi pokojů – neboť princ byl člověk statný a smělý a hudba na jeho pokyn ihned umlkla.

Stál v modré komnatě s družinou bledých dvořanů po boku. Jakmile promluvil, vykročili chvatně směrem k vetřelci, který v tom okamžiku nebyl daleko a teď již sám rozvážným, důstojným krokem přistupoval k mluvčímu. Ta šílená drzost naháněla dvořanstvu podivný, posvátný strach, takže se mezi nimi nenašel nikdo, kdo by proti masce pozvedl ruku; a tak se cizinec, nikým neohrožován, přiblížil až na krok k princovi; a pak, zatímco celý ten zástup jakoby z jediného popudu ucouvl ze středů komnat ke stěnám, kráčel nerušeně dál týmž slavnostním, odměřeným krokem, kterým sem vstoupil, prošel modrou komnatou a vstoupil do purpurové – z purpurové do zelené – zelenou prošel do oranžové – a tou opět do bílé – a odtud ještě dál do fialové, a v žádné se nikdo nepohnul, aby ho zadržel. A teprve tehdy, šílený vztekem a hanbou z chvilkové zbabělosti, se princ Prospero vzpamatoval. Vyrazil, hnal se zběsile šesti pokoji – úplně sám, neboť všechny zachvátil smrtelný děs –, pádil s napřaženou dýkou a již přichvátal v nejzazší, sametové komnatě na tři čtyři kroky k odcházející postavě; ta se však náhle prudce otočila a pohlédla svému pronásledovateli do tváře. Ozval se pronikavý výkřik, zablýskla se dýka – a dopadla na černý koberec, na který vzápětí klesl mrtev i princ Prospero. Teprve pak se dav hodovníků pozvedl k zběsilé odvaze zoufalců a hnal se do černé komnaty. Když se však chopili zakuklence, jehož vysoká postava stála zpříma a nehybně ve stínu ebenových hodin, ustrnuli všichni nevýslovnou hrůzou – pohřební rubáš a mrtvolná maska, na něž se tak zuřivě vrhli, neskrývala v sobě žádný hmatatelný tvar.

A teď každý věděl, že přišla Červená smrt. Vkradla se tiše v noci jako zloděj. A bujaří hodovníci padali jeden po druhém v hodovních síních, zbrocených teď krví, a každý zemřel tak, jak právě klesl k zemi; a z ebenových hodin odešel život s životem posledního rozmařilce; a plameny v trojnožkách dohasly a tma a zkáza a Červená smrt rozprostřely nade vším svou bezmeznou moc.

# PŘÍBĚH Z ROZEKLANÝCH HOR

Na podzim roku 1827, když jsem se zdržoval poblíž Charlottesvillu ve Virginii, seznámil jsem se náhodou s mladým mužem, který se jmenoval Augustus Bedloe. Byl to v každém ohledu zajímavý člověk a probouzel ve mně silnou zvědavost. Jeho duševní i tělesné stavy mi byly záhadou. O jeho rodině jsem se nedověděl nic podrobnějšího. Také odkud pocházel, jsem nikdy nezjistil. Dokonce i v jeho věku – třebaže o něm mluvím jako o mladém muži – bylo cosi, co mne dost mátlo. Určitě se *zdál* být mladý – ostatně rád své mládí zdůrazňoval, a přece byly okamžiky, kdy bych mu bez rozmýšlení hádal sto let. Ale nejpodivněji působil svým zevnějškem. Byl neobyčejně vysoký a hubený. Hodně se hrbil. Měl přehnaně dlouhé a vyzáblé údy. Čelo měl široké a nízké a naprosto bezkrevnou pleť. Měl velká a měkká ústa – a snad jsem u žádného člověka neviděl tak nepravidelně narostlé, byť jinak zdravé zuby. Nemyslete si však, že jeho úsměv, jak byste očekávali, působil nějak nepříjemně – byl pouze neměnný. Čišela z něho hluboká melancholie – nepřerývná, neutuchající chmura. Měl abnormálně velké oči a jako kočka kulaté. A jejich panenky se právě tak jako u kočkovitých šelem roztahovaly a smršťovaly podle toho, jak sílilo nebo sláblo světlo. V okamžicích vzrušení se celé bulvy až neuvěřitelně rozjasnily; zdálo se, že samy vyzařují světelné paprsky nikoli odráženého, ale vnitřního jasu, jako svíce nebo slunce; avšak v klidném stavu byly úplně prázdné, zamžené a matné, takže probouzely představu očí dávno pohřbené mrtvoly.

Tyto osobní zvláštnosti Bedloa velmi sužovaly a on je neustále připomínal, snaže se je částečně vysvětlit, částečně omluvit. Když jsem ho slyšel poprvé, měl jsem velmi trapný pocit, pak jsem si však na to zvykl a mé rozpaky zmizely. Měl jsem dojem, že chce spíš nenápadně naznačit než otevřeně přiznat, že po tělesné stránce nebýval vždy tím, čím je dnes – že bezpočet neuralgických záchvatů změnil jeho někdejší mimořádný půvab v to, co vidím nyní před sebou. Už mnoho let ho ošetřoval lékař jménem Templeton – starý pán kolem sedmdesátky –, s kterým se poprvé setkal v Saratoze, kde mu jeho léčení, jak se alespoň domníval, hodně pomáhalo. A to vedlo mezi dosti zámožným Bedloem a lékařem k ujednání, podle kterého měl doktor Templeton za velmi slušný roční důchod věnovat veškerý svůj čas i lékařské znalosti péči o tohoto pacienta.

Doktor Templeton zamlada mnoho cestoval a v Paříži se stal zaníceným stoupencem Mesmerova učení. Ostatně jen uplatněním magnetické léčby se mu podařilo zmírnit prudké pacientovy bolesti; tento úspěch vzbudil v nemocném přirozeně jistou dávku důvěry v myšlenky, z kterých léčebná metoda vycházela. Avšak lékař jako všichni nadšenci se usilovně snažil obrátit žáka plně na svou víru a nakonec se mu to podařilo do té míry, že Bedloe svolil k řadě pokusů. Jejich četné opakování přineslo výsledek, jaký v dnešních dobách bývá běžný a nevzbuzuje téměř pozornost, ale který tenkrát v Americe byl velmi vzácný. Mezi doktorem Templetonem a Bedloem se totiž krůček za krůčkem vyvíjela ojedinělá, velmi osobitá vazba – magnetický vztah. Nechci ovšem tvrdit, že tato vazba znamenala něco víc než prostředek k hypnotickému uspávání; byl to však prostředek nakonec velmi účinný. První pokus o magnetický spánek úplně selhal. Při pátém či šestém pokusu měl mesmerista již částečný úspěch – ovšem až po značném úsilí. Teprve při dvacátém pokusu zcela triumfoval. Potom už pacientova vůle rychle podléhala vůli lékaře, takže, když jsem se s oběma seznámil, upadal Bedloe do spánku okamžitě, jakmile si to doktor přál, a to ani nemusel vědět, že je Templeton nablízku. A já se teprve teď, v roce 1845, kdy tisíce lidí jsou denně svědky podobných divů, odvažuji uvést tu zdánlivou nemožnost jako seriózní skutečnost.

Bedloe měl přehnaně citlivou a vznětlivou i entuziastickou povahu. Měl jedinečně bohatou a plodnou fantazii, kterou nepochybně také rozněcovalo morfium, jehož Bedloe spolykal značná kvanta a bez kterého by patrně nemohl žít. Míval ve zvyku brát si velkou dávku každé ráno po snídani – totiž spíš hned po šálku silné kávy, neboť dopoledne nic nejedl – a pak se vydával sám nebo jen se psem na dlouhé potulky do divokých a pustých pahorků, seskupených jihozápadně od Charlottesvillu, kterým se tam honosně říká Rozeklané hory.

Jednoho kalného, teplého, zamženého dne koncem listopadu, v onom mezidobí, jež v Americe nazývají indiánské léto, odešel pan Bedloe jako obvykle do vrchů. Minul den a on se nevracel.

Kolem osmé hodiny, když už nás vážně znepokojovalo, že tak dlouho nepřichází, a chtěli jsme se za ním vypravit, vstoupil neočekávaně do dveří – ve stavu o nic horším než obvykle, ale v poněkud neobvyklé náladě. To, co nám líčil o své výpravě a o dobrodružství, které ho zdrželo, bylo opravdu jedinečné.

„Snad si vzpomínáte," vyprávěl, „že jsem z Charlottesvillu odešel asi tak v devět. Ihned jsem se pustil do kopců a asi v deset hodin jsem vstoupil do rokle, kterou jsem vůbec neznal. Procházel jsem zákruty té úžlabiny a velmi mne to tam zaujalo. Kolem dokola se prostírala scenerie, o jaké se sice nedá říci nádherná, ale která budila onen nepopsatelný a pro mne blaživý dojem odloučené pustiny. Zdálo se mi, že je to naprosto netknutá samota. A věřil jsem, že na ten zelený trávník a šedé bavlny, na které stoupám, nešlápla dosud lidská noha. Vstup do té strže je opravdu tak zasutý a přístupný vlastně jen shodou vícerých náhod, že není zhola vyloučeno, že jsem byl vůbec první odvážlivec, který tam vnikl.

Zvláštní hustý opar či dým, který je tam příznačný pro indiánské léto a který teď těžce lehal na všechny obrysy kolem, jistě ještě znejasňoval můj rozplynulý dojem z krajiny. A ta omamná mlha byla tak hustá, že jsem nedohlédl snad ani na deset kroků před sebe. Stezka se vinula velmi křivolace, a poněvadž slunce nebylo vidět, brzy jsem ztratil veškerou představu o tom, jakým jdu vlastně směrem. Mezitím začalo obvyklým způsobem účinkovat morfium – obdařilo celé mé okolí intenzivní vjemovou přitažlivostí. Ševel listu – zbarvení stébla – tvar trojlístku – bzučení včely – třpyt krůpěje rosy – van větříku – jemné vůně, které se linuly z lesa – to všechno ve mně probouzelo tisíce představ – bujný, pestrý rej úchvatných a roztěkaných myšlenek.

A do nich zcela ponořen, putoval jsem dál několik hodin. Mlha kolem mne zatím tak zhoustla, že jsem doslova jen tápal vpřed. A tu mne zachvátila nevýslovná úzkost – jakási váhavost a nervové rozechvění. Bál jsem se udělat krok, abych nespadl do nějaké propasti.

Také jsem si vzpomněl na všelijaké pověsti o Rozeklaných horách a o tajuplných, divých lidech, kteří prý přebývají v tamějších houštinách a jeskyních. Tísnilo mne a mátlo bezpočet mlhavých představ – představ tím mučivějších, že byly tak mlhavé. A z nich mne náhle vytrhlo hlučné bubnování.

To mne ovšem nesmírně ohromilo. Buben v těchto skalách, to bylo něco neslýchaného. Snad by mne tolik nepřekvapilo, kdybych byl uslyšel troubit archanděla k poslednímu soudu. Ale vzápětí jsem měl nový a ještě naléhavější důvod k údivu a zmatku. Ozvalo se řinčení nebo cinkot jakoby svazku velikých klíčů – a v okamžení se kolem mne přehnal s jekem polonahý, snědý muž. Běžel tak těsně kolem mne, že jsem na tváři ucítil jeho horký dech. V jedné ruce třímal nástroj, který sestával ze svazku ocelových kruhů, jimiž v běhu zběsile chřestil. Sotva zmizel v mlžném oparu, přisupělo za ním ohromné zvíře s otevřenou tlamou a planoucíma očima. V jeho podobě jsem se nemohl zmýlit. Byla to hyena.

Pohled na obludu mne spíše uklidnil, než ještě víc vyděsil – protože teď jsem věděl najisto, že se mi to všechno jenom zdá. Snažil jsem se proto probrat k plnému vědomí. Odhodlaně, rázně jsem vykročil. Mnul jsem si oči. Pokřikoval jsem. Štípal jsem se do údů. Pak jsem zahlédl malý pramínek – shýbl jsem se k němu a omýval si ruce, hlavu a krk. To zřejmě zaplašilo ty mátožné dojmy, které mne před chvílí otravovaly. Připadal jsem si jako znovuzrozený, když jsem vstal a vykročil pevně a bezstarostně na další neznámou cestu.

Pak mne však namáhavá chůze i podivné, tísnivé dusno tak zmohly, že jsem si musel sednout pod strom. Znenáhla prosvitlo mdlé slunce a na trávu dopadal matný, přitom však jasně ohraničený stín listů toho stromu. A na tento stín jsem udiveně několik minut civěl. Jeho tvar mne fascinoval. Podíval jsem se nahoru. Byla to palma.

Chvatně jsem vstal – tentokrát opravdu strašně rozrušen, neboť teď už jsem si nemohl namlouvat, že sním. Viděl jsem – cítil jsem, že mne smysly ani trochu neklamou – a právě smysly otevíraly teď mé duši svět nového, jedinečného zážitku. Zničehonic se nesnesitelně oteplilo. S větříkem vanula neznámá vůně. K sluchu mi doléhal tichý, nepřetržitý šum jakoby z mohutného, ale přitom klidného toku řeky, a do šumu se mísil příznačný, mnohohlasý hukot lidského davu.

A zatímco jsem naslouchal – s úžasem, který vám jistě ani líčit nemusím –, odfoukl prudký, krátký závan větru jako nějakým kouzelným proutkem všechnu přízemní mlhu.

Byl jsem pojednou na úpatí vysoké hory a shlížel jsem na nesmírnou planinu, kterou protékal majestátní veletok. Na břehu řeky stálo orientální město jako z *Tisíce a jedné noci,* jenže ještě bájnější. Stál jsem vysoko nad úrovní města, takže jsem viděl každou jeho uličku a kout jako vykreslené na mapě. Nesčíslné ulice či spíše uzounké, dlouhé a křivolaké uličky se neuspořádaně rozbíhaly a protínaly a byly přímo posety houfy lidí. Domy byly pestré, malebné. Kam jsem jen pohlédl, všude se kupily a vršily balkony, verandy, minarety, svatyně a fantasticky řezané arkýře. Viděl jsem množství bazarů, které překypovaly nejrozmanitějšími druhy vzácného zboží; bylo tu hedvábí, mušelíny, třpytivé nože a dýky, nádherné skvosty a drahokamy. Na všech stranách jsem viděl prapory a palankýny, nosítka se vznešenými dámami v závojích, přepychově vystrojené slony, pitvorně vyřezávané bůžky, bubny, korouhve a gongy, oštěpy a pozlacené palcáty. A mezi davem, v tom shonu a vřavě a zmatku – v milionovém zástupu černých a žlutých lidí v turbanech a řízách a s vlajícími vousy se potuloval bezpočet ozdobených posvátných býků, a hordy špinavých, ale uctívaných opic lezly s vřeštěním a ječením po římsách mešit nebo se zavěšovaly na minarety a arkýře. Z hemžících se ulic se ke břehům řeky svažovala nesčetná schodiště, která vedla k místům koupelí. Zdálo se mi, že řeka sama si jen těžce razí cestu záplavou vrchovatě naložených lodí, které široko daleko pokrývaly její hladinu. Za obvodem města se na mnoha místech zvedaly vznešené palmové háje i skupiny jiných obrovských, tajuplných a věkovitých stromů; a tu a tam jsem zahlédl rýžové pole, doškovou chýši rolníka, rybník, opuštěný chrám, cikánský tábor anebo půvabnou osamělou dívenku, kráčející se džbánem na hlavě k břehům nádherné řeky.

Samozřejmě budete tvrdit, že se mi to zdálo – ale nebyl to sen. To, co jsem viděl – co jsem slyšel – co jsem cítil – co jsem myslel – nemělo v sobě nic z těch nezaměnitelných, příznačných prvků snu. Všechno bylo naprosto důsledné. Když jsem si ještě nebyl jist, že skutečně bdím, provedl jsem na sobě řadu zkoušek, které mne brzy přesvědčily, že jsem opravdu v bdělém stavu. Hleďte, když člověk sní a ve snu začne mít podezření, že se mu to jen zdá, pak se toto podezření *vždycky ukáže opodstatněné* a spáč se téměř ihned probouzí. Novalis se totiž nemýlí, když říká, že ‚jsme již bezmála probuzeni, jakmile se nám zdá, že sníme'. Kdyby se mi byl ten obraz zjevil tak, jak ho líčím, aniž bych v něm podezíral snový přelud, pak by to byl nesporně sen, ale způsob, jakým se mi zjevil a jak jsem jej podezíral a zkoušel, mne nutí zařadit jej mezi jiné úkazy."

„V tom můžete mít docela pravdu," poznamenal doktor Templeton, „ale pokračujte. Vstal jste a sestoupil do města."

„Vstal jsem," řekl Bedloe a užasle pohlédl na lékaře, „vstal jsem a sestupoval do města. Cestou jsem zapadl do nesmírného zástupu, který se hrnul ulicemi, valil se jedním směrem a vřelo to v něm vášnivým rozhorlením. Zčistajasna, z jakéhosi nepochopitelného popudu, jsem všechno, co se dělo, začal intenzivně, s niterným zaujetím prožívat. Tušil jsem, že tu musím sehrát významnou úlohu, ale nechápal jsem přesně jakou. Pocítil jsem však hlubokou nenávist k davu, který mne obklopoval. Vytratil jsem se tedy a rychle jsem oklikou dorazil do města. Vpadl jsem přímo doprostřed nejdivočejší vřavy a bitky. Hlouček mužů v uniformách zčásti indických, zčásti evropských se pod velením důstojníka v britském stejnokroji potýkal se strašnou přesilou, která se na ně valila z uliček. Přidal jsem se k slabší straně; ozbrojil jsem se zbraněmi jednoho padlého důstojníka a s urputnou, zoufalou zuřivostí jsem se bil, aniž jsem věděl s kým. Početnější nepřítel nás brzy zahnal do jakéhosi kiosku, kde jsme se zabarikádovali a na chvíli odvrátili nebezpečí. Z otvoru ve střeše tohoto stánku jsem pozoroval rozzuřený dav, jak obléhá a přepadá skvostný palác, který stál přímo nad řekou. A tu se z jednoho hořejšího okna spouštěla po provaze, který byl zřejmě upleten z turbanů sloužících, útlá postava. Na loďce, která dole čekala, unikl ten člověk na protější břeh.

Teď však mou mysl posedla nová myšlenka. V chvatu jsem ke svým druhům pronesl několik naléhavých slov, a když jsem některé muže získal pro svůj záměr, provedli jsme ze stánku prudký výpad. Vrhli jsme se na obléhající. Zprvu ustoupili. Pak se vzchopili, zběsile dotírali a znovu ustoupili. Zatím nás boje strhly příliš daleko od kiosku a nešťastně jsme se zamotali do spleti úzkých uliček, mezi vysoké domy, do zákoutí, kam snad slunce ještě nikdy nezasvitlo. Zaháněli nás, útočili na nás oštěpy, zasypávali nás mraky šípů. Byly to podivné zbraně, ty šípy – připomínaly něčím zkroucené malajské dýky. Tvarem se podobaly tělu plazícího se hada, byly dlouhé, černé, s otráveným hrotem. Jeden mne zasáhl do pravého spánku. Zapotácel jsem se a padl. Ihned mne zachvátily strašlivé křeče. Zmítal jsem se – lapal po dechu – a umřel jsem."

„Teď snad už nebudete tvrdit," řekl jsem s úsměvem, „že celé to vaše dobrodružství nebyl sen. Jste snad ochoten dokazovat, že jste mrtev?"

Samozřejmě jsem čekal, že Bedloe na má slova odpoví nějakým hbitým protivýpadem, ale velmi mne udivilo, když jsem viděl, jak váhá, chvěje se, příšerně bledne a umlká. Pohlédl jsem na Templetona. Seděl velmi strnule ve svém křesle – zuby mu jektaly, oči lezly z důlků. „Pokračujte!" vyzval zastřeným hlasem Bedloa.

„Dlouho," vyprávěl dál Bedloe, „dlouho jsem nic jiného nevnímal – nic jiného necítil než tmu a nicotu a vědomí smrti. Potom jako by celou mou bytostí proběhl prudký, náhlý otřes, podobný elektrické ráně. S ním se dostavil pocit jakési vláčnosti a světla. Světlo jsem ale neviděl – cítil jsem je. A zdálo se mi, že se zvedám ze země. Ale neměl jsem tělesnou, viditelnou, slyšitelnou či hmatatelnou podobu. Dav se rozplynul. Vřava utichla. Město působilo poklidně. Pode mnou ležela má mrtvola s šípem ve spánku, s hlavou opuchlou a znetvořenou. Ale to všechno jsem cítil – neviděl jsem to, všechno mi bylo lhostejné. Ani o mrtvé tělo jsem nejevil žádný zájem. Neměl jsem vůbec žádnou vůli, ale zřejmě mne cosi odnášelo, vyplouval jsem lehounce z prostoru města a vznášel se nad cestou, po které jsem se do něho oklikou dostal. Když jsem se přiblížil k místu v rokli, kde kolem mne proběhla hyena, zase jako by mnou projel galvanický proud; pocit tíhy, vůle, hmotnosti se vrátil. Stal jsem se opět svou vlastní původní bytostí a netrpělivě jsem pospíchal domů – ale to, co bylo, neztratilo nic ze své životnosti skutečna – a ani teď nedovedu přimět rozum, aby to chápal jako sen."

„A také to sen nebyl," řekl Templeton s nesmírnou vážností, „ovšem je těžko říci, jakým výrazem to máme označit. Můžeme z toho vyvodit jen tolik, že lidský rozum stojí dnes před ohromnými psychickými objevy. Spokojme se aspoň s tímhle závěrem. K tomu ostatnímu vám musím něco vysvětlit. Mám zde akvarel, který jsem vám chtěl ukázat už dřív, ale z jakési nepochopitelné bázně jsem to neudělal."

Pohlédli jsme na obrázek, který nám podával. Nic zvláštního mne na něm neupoutalo, avšak na Bedloa měl ohromující účinek. Při pohledu na něj málem omdlel. A přitom to byla jen miniaturní podobizna – a řekl bych až zázračně přesná – jeho vlastní charakteristické tváře. To mě aspoň napadlo, když jsem na malbu pohlédl.

„Všimněte si," řekl Templeton, „data na tom obrázku – je sotva čitelné, tady v tom rohu – 1780. Z toho roku portrét pochází. Je na něm můj zesnulý přítel, jistý pan Oldeb, s kterým jsem se velmi sblížil v Kalkatě za vlády guvernéra Warrena Hastingse. Bylo mi tenkrát teprve dvacet let. A když jsem vás poprvé viděl v Saratoze, pane Bedloe, byla to právě ta zázračná podobnost mezi vámi a portrétem, která mi byla pohnutkou, abych vás oslovil, abych si získal vaše přátelství a konečně zařídil i to, abych se stal vaším trvalým společníkem. Vedla mne k tomu jednak – a snad převážně – truchlivá vzpomínka na mrtvého, ale do značné míry i dychtivý zájem o vaši osobu, zvědavost, která mne tísnila a zároveň trochu děsila.

To, co jste nám vyprávěl o svém vidění v horách, byl vlastně podrobný a naprosto přesný popis indického města Banáras na posvátné řece Ganze. Výtržnosti, bitky, vražedná řež – to všechno se skutečně událo za povstání Čejeta Singa v roce 1780, kdy Hastings málem přišel o život. Muž, který unikl po provaze z turbanů, byl sám Čejet Sing. Skupina v kiosku byli domorodí indičtí vojáci a britští důstojníci s Hastingsem v čele. V tom hloučku jsem byl také já a všemožně jsem se snažil odvrátit důstojníka od ukvapeného a osudného výpadu, v kterém zahynul. Padl v jedné z přeplněných uliček, zasažen otráveným šípem Bengálce. Ten důstojník byl můj nejbližší přítel. Jmenoval se Oldeb. Podívejte se na tyto stránky," a lékař nám podal zápisník, v němž bylo několik čerstvě popsaných listů. „Poznáte z nich, že v době, kdy měl pan Bedloe v horách vidění, zaznamenával jsem děje té jeho vize zde doma podrobně na papír."

Asi za týden po tomto rozhovoru objevil se v jedněch charlottesvillských novinách tento článek:

Je naší smutnou povinností oznámit čtenářstvu, že zemřel pan AUGUSTUS BEDLO, džentlmen, kterého si pro jeho milou povahu a mnohé ctnosti naši občané již dávno oblíbili.

Pan B. trpěl několik let neuralgií, která velmi často hrozila skončit neblaze; tu však je třeba pokládat jen za nepřímou příčinu jeho skonu. Vlastní příčina je velmi neobvyklá. Před několika dny se na výletě v Rozeklaných horách mírně nachladil a dostal horečku s prudkými návaly krve do hlavy. Dr. Templeton se rozhodl odpomoci jim místním odkrvením. Ke spánkům byly přiloženy pijavice. Pacient však v neblaze krátké době zemřel. Ukázalo se, že do nádoby s pijavkami se náhodou připletla jedna z červovitých, jedovatých pijavic, které se občas objevují v okolních rybnících. Toto odporné zvíře se pacientovi přisálo k malé tepně v pravém spánku. Její nápadná podoba s pijavkou lékařskou způsobila, že se na omyl přišlo až pozdě.

*Upozornění: Jedovaté pijavky z okolí Charlottesvillu lze vždycky rozeznat od pijavek lékařských podle jejich černého zabarvení a zvláště podle jejich svíjivých a červovitých pohybů, které velmi připomínají plazení hada.*

•

Hovořil jsem o tomto podivném, nešťastném případu s redaktorem zmíněného listu a mimoděk mě napadlo zeptat se ho, jak se to stalo, že uvedli jméno zesnulého jako Bedlo.

„Předpokládám," řekl jsem, „že jste měli nějaký závažnější důvod je takhle otisknout, ale vždycky jsem si myslel, že se to jméno píše s *e* na konci."

„Důvod?" odpověděl. „Ne – to je jen tisková chyba. Na celém světě se jméno Bedloe píše s *e* na konci a v životě jsem je neviděl psát jinak."

„Pak ovšem," mumlal jsem již na odchodu, „to vskutku došlo tak daleko, že pravda je podivnější než všechno, co se dá vymyslet – vždyť Bedlo bez *e* – co to je jiného než Oldeb obráceně? A tenhle člověk mi chce namluvit, že je to tisková chyba."

# ROZHOVOR EIROSE S CHARMIONEM

*Πῦρ σοι προσοίσω.*[1]
Euripides, *Andromaché*

EIROS/
Proč mne nazýváš Eirosem?

CHARMION/
Tak budeš od nynějška provždy nazýván. I *mé* pozemské jméno musíš zapomenout a říkat mi Charmion.

EIROS/
Není to tedy sen!

CHARMION/
Sny už se nám nezdají – ale o těchto záhadách teď nemluvme! Mám radost, že tě vidím v živé podobě rozumné bytosti. Mázdra mrákot už nestíní tvůj zrak. Buď zmužilý a neboj se ničeho. Dny strnulosti, které ti byly vyměřeny, pominuly; a zítra tě uvedu do zázračných slastí tvého nového jsoucna.

EIROS/
Opravdu, tíhu strnulosti už vůbec necítím. Už na mne nedoléhá ta úporná ošklivost a úděsná temnota, už neslyším ten šílený, valivý hukot jako „hlas přemocných vod". A přece, Charmione, mé smysly se děsí vlastní citlivosti, s jakou vnímají vše nové.

[1] (řec.) – Přinesu ti oheň.

CHARMION/
To vše se za několik dnů rozplyne – ale chápu tě plně a cítím s tebou. Je tomu deset pozemských let, co jsem podstoupil to, co podstupuješ nyní ty, a přece mi to v paměti neustále utkvívá. Nyní sis však už vytrpěl všechny strasti, které tě v Edenu čekají.

EIROS/
V Edenu?

CHARMION/
V Edenu.

EIROS/
Ach, Bože – polituj mne, Charmione! Jsem přemožen tou velebností všehomíra – neznáma poznaného – nevidomé Budoucnosti, jež se rozplývá ve vznešené a jisté Přítomnosti.

CHARMION/
Takové myšlenky nech nyní na pokoji. Zítra si o všem promluvíme. Tvou mysl jímá závrať, prosté vzpomínky ji zkonejší. Nerozhlížej se kolem, nehleď vpřed – ale vzad. Hořím nedočkavostí, kdy uslyším o té ohromující události, která způsobila, že jsi mezi námi. Pověz mi o ní. Povídejme si o věcech, které oba známe, o známých věcech známou řečí světa, který tak strašlivě zanikl.

EIROS/
Strašlivě, ach, strašlivě! To věru není sen.

CHARMION/
Sny už nejsou. Byl jsem hodně oplakáván, můj Eirosi?

EIROS/

Oplakáván? Ó nesmírně, Charmione. Až do poslední chvíle před zánikem ležel na tvém domě ponurý žal a upřímný zármutek.

CHARMION/

Až do poslední chvíle? Mluv o ní. Pamatuj, že o pohromě nevím zhola nic – vím jen, že byla. V době, kdy jsem opustil lidstvo a ubíral se temným hrobem do věčné noci, nikdo, pokud se rozpomínám, neměl o katastrofě, která vás postihla, nejmenší potuchy. Ale věděl jsem toho tak málo o spekulativní filosofii tehdejších časů.

EIROS/

Katastrofu, která přišla, opravdu nikdo nepředvídal, ale astronomové již dlouho přetřásali obdobné pohromy. Nemusím ti snad říkat, příteli, že už v době, kdy jsi nás opustil, vykládali si lidé shodně ona místa v Písmu svatém, jež hovoří o konečné zkáze veškerenstva ohněm; vztahovali je pouze na naši planetu. Pokud se však týká bezprostřední příčiny záhuby, ocitly se úvahy o ní na scestí, jakmile astronomové zbavili komety jejích strašných plamenů. Nepatrná hustota těchto těles byla dobře známa. Také se vědělo, že se pohybují mezi družicemi Jupitera, aniž působí viditelné změny v hmotě nebo oběžných drahách těchto asteroidů. Dlouho jsme pohlíželi na ty nebeské poutníky jako na mlžinaté, nepředstavitelně řídké útvary, které by naší bytelné zeměkouli nemohly ublížit, ani kdyby se s ní srazily. A srážky jsme se beztak ani trochu neobávali, neboť složení všech vlasatic bylo přesně známo. Spatřovat v nich původce hrozící ohnivé zkázy bylo mnoho let pokládáno za něco nehorázného. V poslední době se však mezi lidmi přesto šířily nezvykle divoké pověsti o znameních a zázracích, a třebaže objevení nové komety vyvolalo zděšení jen u několika nevědomců, byla tato astronomická zpráva přijata všeobecně se značným rozruchem a pochybami.

Astronomové začali okamžitě propočítávat veličiny dráhy toho podivného tělesa a všichni se záhy shodli na tom, že v době, kdy bude v přísluní, octne se i v těsné blízkosti naší planety. Našli se dva tři hvězdáři druhého řádu, kteří rozhodně tvrdili, že srážka se Zemí je neodvratná. Nejsem s to vylíčit ti, jak tento názor na lidi zapůsobil. Po několik dní mu zaboha nechtěli uvěřit, byl nad jejich chápání – mysleli příliš dlouho jen v rozměrech pozemskosti. Avšak pravda o skutečnosti osudového dosahu si obvykle záhy proklestí cestu do vědomí i těch nejzaostalejších. Posléze všichni poznali, že astronomie nelhala, a očekávali příchod komety. Zprvu se zdálo, že se nepřibližuje příliš rychle; ani na jejím zjevu nebylo nic neobyčejného. Byla matně rudá a táhl se za ní rozpoznatelný krátký ohon. Po sedm nebo osm dní jsme nezaznamenali, že by v průměru podstatně vzrostla, a její zabarvení se jen nepatrně změnilo. Lidé zatím zanechali všech svých běžných záležitostí a cele se věnovali vzrušeným, přírodovědci podněcovaným debatám o povaze a soustavě vlasatic. K těmto úvahám se vzepjaly i omezené mozky tupců. Učenci teď neupínali svůj intelekt – své srdce – k tomu, aby mírnili strach, nebo aby prosazovali tu nebo onu oblíbenou teorii. Prahli po dokonalém poznání. Pravda se zjevila v nahotě své moci i majestátní velikosti – a moudří se před ní sklonili v zbožné úctě.

Názor, že očekávaná srážka způsobí naší zeměkouli nebo jejím obyvatelům těžkou škodu, ztrácel mezi učenci každou hodinou stoupence; učení mužové mohli teď nerušeně ovládat myšlení i fantazii zástupů. Dokazovali, že hustota jádra komety je mnohem menší než hustota nejřidšího plynu na Zemi, a stále zdůrazňovali, že podobná tělesa proplouvají neškodně mezi souputníky Jupiterovými. Tento argument do značné míry rozptyloval ustrašené obavy. Teologové poukazovali s horlivostí – inspirovanou strachem – na biblická proroctví a vykládali je lidu tak otevřeně a názorně, jak ještě nikdy předtím. Zápal, s jakým kázali, že zánik Země musí nezbytně přivodit jen oheň, kdekoho přesvědčil; vědomí, že komety nejsou tělesa ohnivé povahy (tento názor nyní převládal), zbavovalo všechny do značné míry neblahých předtuch předpověděného neštěstí. Je pozoruhodné, že lidové pověry a přihlouplé povídačky o moru a válkách – bludy, které se obvykle vyrojí, když se objeví kometa – se tentokrát vůbec neobjevily. Jako by rozum v náhlém křečovitém vzepětí vůle smetl pověru z jejího trůnu. I nejchabější rozum načerpal energii z přemíry zájmu.

Velmi podrobně se probíralo, jaké spouště menšího řádu by mohl dopad komety přivodit. Vědci hovořili o menších geologických poruchách, o pravděpodobných změnách v klimatických a tudíž i vegetačních podmínkách, o možné působnosti magnetických a elektrických sil. Mnozí tvrdili, že se neprojeví žádný viditelný či jinak znatelný účinek. Zatímco se takto debatovalo, předmět rokování se zvolna přibližoval, jeho objem se zvětšoval, jeho zář nabývala sytějšího třpytu. Zato lidské tváře pobledávaly. Veškerá činnost člověčenstva se zastavila.

Opravdový zvrat v celkové náladě nastal ve chvíli, kdy kometa dosáhla velikosti, jaké nedosáhlo žádné těleso, jež se k nám, pokud paměť sahá, přiblížilo. Lidé se vzdali poslední špetky toužené naděje, že se astronomové mýlí, a zakoušeli muka neodvratnosti pohromy. Jejich hrůza přestala být hrůzou chimérickou. I srdce nejodolnějších se divoce rozbušilo. Uplynulo však několik málo dní a i tyto pocity byly přemoženy něčím ještě nesnesitelnějším. Naše navyklé pochody myšlení už nestačily obsáhnout ten podivný zjev. Vymykal se jakékoli historické zkušenosti. Dolehl na nás úděsnou novostí citových vjemů. Už jsme v něm neviděli astronomický úkaz na obloze, usedl jako noční můra na naše srdce, jako mrákotný stín na naše mozky. Nabyl s nepředstavitelnou rychlostí podoby gigantického ohnivého závoje, rozprostírajícího se od obzoru k obzoru.

Uplynul však den a lidé vydechli volněji. Bylo zřejmé, že jsme už v dosahu působnosti komety – a přesto jsme žili. Dokonce jsme pocítili jakousi zvláštní tělesnou pružnost a duševní svěžest. Nesmírně řídké složení té hrůzyplné blýskavice bylo nepochybné, neboť bylo skrze ni vidět jasně všechna nebeská tělesa. Naši květenu zasáhly v té době už patrné změny a tato předvídaná okolnost utvrdila naši víru v prozíravost učenců. Na veškerém rostlinstvu světa prudce vyráželo bujné, nikdy nevídané listoví.

Uplynul další den – a neštěstí na nás dosud plně nedolehlo. Bezpochyby nás mělo co nejdříve zasáhnout samo jádro zkázonosné komety. S lidmi se dály prudké změny a první příznaky bolestí rozpoutaly všeobecný nářek a zděšený poplach. Tyto prvotní útrapy spočívaly v neúprosném svírání hrudi a plic a nesnesitelné vyprahlosti pokožky. Nic už jsme si nemohli namlouvat: naše ovzduší bylo od základu zamořeno a jenom se horečně debatovalo o složení této atmosféry a jakým možným procesům by mohla být vystavena. Poznání, jež nám průzkum odhalil, projelo jako záchvěv pronikavé hrůzy srdcem veškerého člověčenstva.

Už dávno se vědělo, že vzduch, který nás obklopuje, se skládá z kyslíku a dusíku v poměru jedenadvaceti dílů kyslíku ku sedmdesáti devíti dílům dusíku ze sta. Bez kyslíku, který byl podstatou hoření a nositelem tepla, by nebylo možno udržet živočišnou existenci, kyslík byl nejmocnější a nejúčinnější hybnou silou v přírodě. Naproti tomu dusík nestačil k zachování života ani ohně. Přemíra kyslíku mohla, jak se zjistilo, způsobit právě onu nepřirozenou bujarost, kterou jsme předtím prožívali. Důsledné domyšlení tohoto principu přivodilo úzkost. Co nastane, až dusík bude z ovzduší naprosto vytlačen? Okamžitý, všezaplavující, všepohlcující, ničím nezdolatelný požár – naprosté naplnění, do všech strašlivých podrobností, oněch biblických proroctví, jež hrozily ohnivou zkázou.

Nač líčit, Charmione, šílenství, jež nyní zachvátilo lidstvo? Ono řídké složení komety, z něhož jsme předtím čerpali naději, stalo se teď zdrojem nejtrpčího zoufalství. V jeho unikavé, plynné podstatě jsme jasně spatřovali dovršení sudby. Mezitím uběhl další den a odnesl s sebou i poslední stínek naděje. V rychle se měnícím vzduchu jsme těžce lapali po dechu. Červená krev se zběsile prodírala příliš těsnými průchody. Všechny posedlo zuřivé třeštění, lidé vzpínali křečovitě ruce k hrozícím nebesům, zmítali sebou, pronikavě křičeli. Avšak jádro ničivé síly nás už dostihlo – i zde, v Edenu, se chvěji, když o tom vyprávím. Promluvím už jen krátce – vždyť i krátce se odehrála zkáza, jež nás zdrtila. Na okamžik zazářil jediný prudký, sinavý zážeh a postihl a prostoupil vše. Pak – pokloňme se, Charmione, nesmírnému majestátu velkého Boha – pak zazněl mocný, všudypřítomný, volající hlas, který jako by pocházel z úst Věčného, a zároveň se celá ta jednolitá vzdušná hmota, jež nás tíživě obklopovala, rázem vzňala plamenem tak úchvatného jasu a všespalujícího žáru, že ani andělé v sídle čirého poznání na výšinách nebes nemají pro něj jméno. Tak všechno zaniklo.

*Obsah*

Hynkova edice živých děl minulosti
REVIVAL

*Svazek 5*

Řídí Petr Sacher

# Edgar Allan Poe

# Předčasný pohřeb

Vydalo nakladatelství Hynek, s. r. o.
Celetná 11, 110 00 Praha 1
Grafická úprava a technická redakce JDDP-Group
Přebal Petr Sacher
Odpovědní redaktoři Zuzana Mirošovská, Petr Sacher
Typografie a sazba CADIS, Praha
Tisk a vazba Severografie Most
Vydání v tomto souboru první

150,-